공부가 되는
안네의 일기

〈공부가 되는〉 시리즈 **31**

공부가 되는
안네의 일기

초판 1쇄 발행 2011년 12월 30일
초판 3쇄 발행 2015년 6월 2일

원작 안네 프랑크
엮음 글공작소

책임편집 윤소라
책임디자인 노민지

펴낸이 이상순
주 간 서인찬
편집장 박윤주
기획편집 주리아, 김설아, 서한솔
디자인 유영준, 김혜림
전략기획 인현진
마케팅 홍보 이상광, 이병구, 박순주
펴낸곳 (주)도서출판 아름다운사람들
주소 (413-756) 경기도 파주시 회동길 103
대표전화 (031)955-1001 **팩스** (031)955-1083
이메일 books777@naver.com
홈페이지 www.books114.net

ⓒ2012, 글공작소
ISBN 978-89-6513-143-4   63850

공부가 되는
안네의 일기

원작 안네 프랑크 | **엮음** 글공작소 | **추천** 정명순(대송초등학교 교사)

아름다운사람들

아이들이
『공부가 되는 안네의 일기』를
읽으면 좋은 이유

1 세계 명작은 상상력과 감수성의 자양분입니다

"문학은 삶을 변화시킵니다. 문학은 눈을 뜨게 합니다."

20세기의 세계적 문학가인 프란츠 카프카의 말입니다. 이렇듯 문학은 상상력을 바탕으로 사람들의 삶과 그 안에 담긴 사상과 감정을 표현하는 예술입니다. 그중에서도 전 세계적으로, 시간과 공간을 뛰어넘어 오랜 세월 널리 사랑받아 온 세계 명작은 삶의 훌륭한 밑거름이 됩니다. 세계 명작을 읽으며 간접적으로 경험하게 되는 다양한 문화와 사상, 삶을 대하는 여러 가지 태도 등은 우리가 살면서 어떤 것을 진정한 가치로 여겨야 하는가를 느끼고 깨닫게 해 주기 때문입니다. 그렇기에 어린 시절 접하는 세계 명작은 아이들의 상상력과 감수성이 자라는 데 매우 중요한 자양분이 됩니다.

2 동서양을 뛰어넘은 리얼리티 명작, 『안네의 일기』

『안네의 일기』는 1947년 네덜란드 어로 출간된 이후, 67개 언어로 번역되어 지금까지 꾸준히 읽히고 있는 세계 명작입니다. 제2차 세계 대전이라는 전쟁 한가운데에서 유대인 학살과 전쟁의 비극을 온몸으로 체험한 소녀의 살아 있는 기록이기 때문입니다. 또한 전쟁과 죽음의 공포 앞에서도 용기와 희망을 잃지 않으려 했던 사춘기 꿈 많은 소녀의 모습이 세대와 인종, 언어를 초월한 전 세계인에게 깊은 감동을 전해 주었기 때문이기도 합니다. 『공부가 되는 안네의 일기』는 이러한 원작의 깊은 울림을 우리 아이들이 더 빠르고 생생히 이해할 수 있게 하여 마음속 깊이 느낄 수 있게 하였습니다.

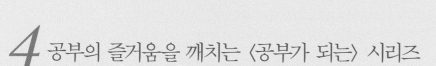

3 역사의 현장과 만날 수 있습니다

유대인인 안네 프랑크는 가족과 함께 1942년, 독일 나치스의 유대인 박
해를 피해 은신처에 숨어들어 살기 시작하여 1944년, 결국 은신처가 발각
되어 체포되고 강제 수용소로 끌려가 세상을 떠납니다. 『공부가 되는 안네의 일
기』에는 오랜 세월 지속되어 온 유대인 박해와 제2차 세계 대전의 진행 과정과
더불어 열세 살의 소녀 안네가 한 사람의 독립된 여성으로 한 뼘 한 뼘 성장해
가는 과정이 오롯이 담겨 있습니다. 그렇기에 아이들은 죽음의 두려움 앞에서도
꿈과 희망을 잃지 않았던 안네의 모습을 통해 지금 자신의 모습을 되돌아보고,
당시의 역사와 문화 또한 익혀 보다 큰 꿈을 키우는 계기가 될 것입니다.

4 공부의 즐거움을 깨치는 〈공부가 되는〉 시리즈

〈공부가 되는〉 시리즈는 공부라면 지겹게만 여기는 우리 아이들에게 "아, 공부가 이렇게 즐거운 것이구나!"
하는 것을 깨쳐 주면서 아울러 궁금한 것이 많은 우리 아이들의 지적 호기심도 동시에 해결해 주는 시리즈
입니다. 공부의 맛과 재미는 탄탄한 기초 교양의 주춧돌 위에 세워질 때 그 효과가 배가됩니다. 그리고 그
기초 교양은 우리 아이들이 학습에서 자기 주도적 능력을 내는 데 큰 밑거름이 됩니다.
『공부가 되는 안네의 일기』는 안네의 이야기가 주는 감동과 그 안에 담긴 문학적 위대함을 고스란히 전달하
면서 우리 아이들의 감성과 인간과 세계에 대한 통찰력을 동시에 높여 줄 것입니다. 부디 이 책이 우리 아이
들의 상상력과 사고력의 폭을 넓히는 훌륭한 도구가 되기를 바랍니다.

공부가 되는 문학 1
안네의 일기

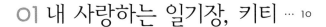

ANNE
FRANK

Anne Frank

1942년 6월 12일 금요일

네게는 내 마음속의 어떤 비밀이라도

다 털어놓을 수 있을 것 같아.

네가 내 마음속의 기둥이 되어 나를 응원해 주었으면 좋겠어.

01
내 사랑하는 일기장, 키티

1942년 6월 14일 일요일

우선 너와 처음 만나게 된 것에 대해 이야기를 시작해 볼까해. 12일 금요일에 난 평소보다 일찍 일어났어. 눈을 떠 보니 6시였지. 그건 당연했어. 내 생일이었으니까. 모두 내게 무슨 선물을 줄까 궁금했지만 7시 15분 전까지 호기심을 꾹 참아야만 했어. 그러다 결국 슬그머니 일어나 부엌에 갔어. 고양이 모르체가 내게 다정하게 다가왔지.

7시가 되자마자 아빠와 엄마에게 가서 아침 인사를 했고 그 뒤에 거실에서 선물 꾸러미를 풀기 시작했어. 그중에서 날 가장 먼저 반겨 준 것이 바로 너였어. 넌 가장 멋진 선물인 것 같아.

탁자 위에는 장미꽃과 모란 몇 송이가 장식되어 있었고 많은 선물이 놓여 있었어. 부모님에게는 청색 블라우스를 받았고 파티 게임을 할 수 있는 장난감, 포도 주스, 퍼즐, 책 두 권을 살 수 있는 도서 상품권, 거기에 책이 또 한 권 그리고 약간의 돈도 있었어. 그 밖에도 엄마가 직접 만들어 준 딸기 파이와 할머니께서 보내 주신 편지도 있었어.

선물을 풀어 보고 있는데 한넬리가 와서 함께 학교에 갔어. 오후에 체육관에서 친구들이 나를 둥글게 둘러싸고 생일 축하 노래를 불러 주었지.

집에 왔더니 산네가 나를 기다리고 있었어. 한넬리와 산네는 오래전부터 나와 제일 친한 친구였지. 우리 셋이 늘 같이 어울려 다니는 걸 보고 사람들은 "안네와 한넬리와 산네 삼총사가 지나가네!"라고 종종 말하곤 해. 그 소중한 친구들로부터도 선물을 받았어. 조지프 코헨이 쓴 『네덜란드의 이야기와 전설』이라는 책이야.

안네 프랑크

안네 프랑크는 1929년 독일 프랑크푸르트암마인에서 태어난 유대계 독일인이었어요. 안네가 네 살이 되던 해인 1933년, 나치스의 히틀러가 정권을 잡아 유대인에 대한 박해가 심해지자, 안네의 가족은 네덜란드 암스테르담으로 망명했어요. 이후 제2차 세계 대전으로 독일이 네덜란드를 점령해 네덜란드에서까지 유대인 박해를 피할 수 없게 된 안네의 가족은 비밀 은신처에서 약 2년여 동안 숨어 살았어요. 그러나 1944년 8월 4일에 발각되어 유대인 수용소로 끌려가 1945년 장티푸스에 걸려 세상을 떠났어요.

네덜란드에 있는 안네 프랑크 동상

1942년 6월 15일 월요일

　어제 오후에 내 생일 파티를 열었어. 친구들에게 브로치 두 개와 책갈피, 책도 두 권을 선물로 받았어.

　이야기를 시작한 김에 학교 친구들 이야기를 해 볼까 해.

　나와 가장 친했던 친구는 한넬리와 산네였지만 요새 한넬리는 다른 친구들과 더 친하게 지내는 것 같고 산네는 나와 다른 학교에 다니기 때문인지 그 학교 친구들이랑 더 친한 것 같아. 나도 유대인 학교에 다니면서 자클린과 친해졌어. 지금은 자클린이 가장 친한 친구이지만 아직 내 모든 것을 털어놓고 이야기할 정도로 참다운 친구는 아니라고 생각해.

　오늘은 이만 쓸게. 앞으로도 네게 들려줄 이야기가 산더미처럼 쌓여 있으니까 말이야.

　그럼 안녕. 우리 좋은 친구가 되자!

1942년 6월 20일 토요일

요 며칠, 일기를 쓴다는 것에 대해 생각하느라 일기장을 제대로 펼쳐 보지 못했어. 열세 살 소녀가 일기장에 마음을 털어놓는 글을 쓰는 것에 어느 누가 흥미를 느끼겠어? 게다가 나는 지금까지 일기를 써 본 적도 없거든. 하지만 아무렴 어때. 나는 쓰고 싶어. 아니, 그뿐만이 아니라 마음속에 묻어 두었던 것들을 몽땅 털어놓고 싶어.

'일기'라는 자랑스러운 이름을 가진 이 두꺼운 표지의 공책은 아무에게도 보여 주지 않을 거야. 내가 진정한 친구를 찾을 때까지 말이야. 여기에 무엇을 쓰든 눈여겨보는 사람은 없을 거야.

이제 내가 일기를 쓰기 시작한 이유에 대해 말할까 해. 그건 내게 마음을 털어놓을 만한 진정한 친구가 없기 때문이야. 물론 내게는 사랑하는 부모님이 계시고 열여섯 살인 언니도 있어. 친구라고 부를 만한 아이들이 서른 명 정도 있고 남자 친구도 많아. 남자아이들은 어떻게 해서든 내 관심을 끌려고 해. 게다가 친척과 아저씨, 아주머니들도 내게 친절하고 좋은 집에서 살고 있어.

무엇 하나 부족할 게 없는 생활이야. '진정한 친구'를 빼고 말이지. 친구들과는 그저 웃고 농담하는 것일 뿐 그보다 깊은 이야기는 해 본 적이 없어. 주변에서 일어나는 시시한 일들에 대해 수다를 떨 뿐이지. 친구들과 나는 이보다 더 가까워질 것 같지

안네의 일기장, '키티'

『안네의 일기』는 안네가 나치스의 유대인 탄압을 피해 비밀 은신처에서 생활하며 쓴 일기예요. 안네는 열세 살 생일 선물로 받은 일기장을 '키티'라고 부르며 친구에게 비밀 편지를 쓰듯 일기를 썼어요. '사랑하는 키티에게'로 시작되는 『안네의 일기』는 전쟁과 박해가 주는 공포와 죽음에 대한 두려움을 솔직하게 표현했어요. 뿐만 아니라 이를 통해 꿈 많은 사춘기 소녀가 신체적·정신적으로 성장해 가는 과정을 자세히 보여 주고 있어요. 『안네의 일기』는 비밀 은신처가 발각되어 수용소로 끌려가기 직전인 1944년 8월 1일 자로 끝나요.

않아. 아마도 내게 남을 믿는 마음이 부족하기 때문인지도 몰라. 아무튼 지금의 내게 진정한 친구가 없다는 건 사실이야.

그래서 나는 일기를 쓰게 되었어. 그렇지만 일기장에 다른 사람들이 흔히 하듯 평범한 이야기들을 늘어놓거나 하지 않을 거야. 나는 일기장을 마음의 친구로 삼아 '키티'라고 부를까 해.

아, 그렇지. 하마터면 내 소개를 잊을 뻔했어. 무턱대고 키티 네게 편지를 쓰기 시작한다면 내가 무슨 소리를 하는지 못 알아듣겠지. 그러니 조금 쑥스럽지만 내가 살아온 이야기를 먼저 할게.

우리 아빠, 세상에서 제일 멋진 우리 아빠는 서른여섯 살에 스물다섯 살인 엄마와 만나 결혼하셨어. 언니인 마르고는 1926년 독일 프랑크푸르트에서 태어났고 나는 1929년 6월 12일에 태어났어. 내가 네 살 때까지 프랑크푸르트에서 살았는데 우리 가족은 유대인이었기 때문에 1933년 독일을 떠나 네덜란드로 이민 와야 했고, 여기에서 아빠는 잼을 만드는 오페크타 상회를 차리셨어.

독일에 남은 다른 유대인들은 히틀러의 유대인 탄압 정책 때문에 불안한 나날을 보내야만 했어. 1938년에 유대인 학살이 여기저기에서 시작되자 두 외삼촌은 미국으로 갔고 외할머니는 우리 가족이 있는 곳으로 오셨어. 그때 할머니는 일흔세 살이셨어.

다윗의 별. 나치스가 유대인을 구분하기 위해 이 표식을 강제로 달게 하였다.

1940년 5월 이후 평화로웠던 시절은 순식간에 사라졌어. 전쟁이 터지자 네덜란드는 곧 항복했고, 독일군이 네덜란드를 차지하면서 우리 유대인들에게 진짜 고통의 시간이 닥친 거야.

반유대법이 시행되어 유대인은 노란 별표를 달아야 했고 자신이 갖고 있던 자전거를 바쳐야 했어. 게다가 전차는 물론이고 자동차를 타고 다녀서도 안 됐지. 유대인들은 3시에서 5시 사이에만 물건을 살 수 있는데 그것도 '유대인 상점'이라는 표시가 되어 있는 곳에서만 가능했어. 그뿐만이 아니야. 유대인은 8시 전까지 집에 들어와 있어야 한다, 그 시간 이후에는 자기 집 정원에 앉아 있는 것도 금지한다, 연극이나 영화, 다른 오락 시설을 이용할 수 없다, 수영장, 테니스장, 필드 하키장 등은 당연하고 어

반유대주의와 히틀러

'반유대주의'란 인종적, 종교적, 경제적인 이유로 유대인을 배척하고 반대하는 주의나 주장을 말해요. 특히 19세기 후반 체임벌린이라는 사람이 유대인을 악의 근원이라고 주장하면서 이 주장은 독일과 오스트리아로 급속하게 번져 갔어요. 당시 독일의 히틀러는 이때를 이용하여 제1차 세계 대전 이후 독일의 빈곤과 불안의 원인을 유대인에게서 찾았어요. 그래서 모든 원인을 유대인에게 돌리는 '반유대주의'를 내걸고 제2차 세계 대전을 벌여 수백만 유대인을 대학살한 이른바 '홀로코스트'를 자행했어요.

떤 체육관에든 출입하는 것도 안 된다, 유대인은 기독교를 믿는 사람들의 집에 찾아가서도 안 된다, 유대인은 유대인 학교에만 다녀야 한다 등등 금지 사항이 엄청나게 많았어. 우리에게 자유라곤 찾아볼 수가 없었지. 그렇다고 살아가는 걸 그만둘 수는 없었어.

내 친구는 이런 말까지 했어.

"이제 무슨 일을 하려고 할 때마다 겁이나. 이것도 금지된 건 아닐까 하고 말이야."

1941년 여름에 외할머니께서 큰 병을 앓아 수술을 받으셔야 했어. 그래서 그해의 내 생일에는 제대로 축하받을 수 없었어. 1940년 여름에도 네덜란드에서 일어난 전쟁이 막 끝났을 무렵이라 내 생일은 대충 넘어갈 수밖에 없었지.

외할머니는 1942년 1월에 돌아가셨어. 외할머니와 함께했던 추억들은 아직도 생생하게 내 마음속에 남아 있어. 내가 얼마나 외할머니를 그리워하는지, 아직도 얼마나 외할머니를 사랑하는지 아마 아무도 상상할 수 없을 거야. 1942년 내 생일에는 이제껏 못 받은 몫까지 잔뜩 축하받았어. 외할머니께서도 틀림없이 그 모습을 다정히 지켜봐 주셨겠지?

난 1934년 몬테소리 유치원에 다녔고 유치원과 연결된 초등학교에 계속 다녔어. 난 6학년 B반이었고 학년이 끝날 무렵인 1941년에 마르고 언니와 함께 유대인 중학교로 전학 갔어. 언니는 4학년에 난 1학년에 말이야.

그 이후로 우리 가족은 그럭저럭 잘 지내고 있어. 지금부터는 1942년 6월 20일 자인 현재의 일들에 대해 이야기할게.

유대인 탄압법, 뉘른베르크법

1935년 9월 15일 나치스에 의해 재정되고 히틀러가 직접 서명한 법률이 '뉘른베르크법'이에요. 뉘른베르크법은 독일에서 유대인의 국적을 박탈하고 시장이나 공무원 등 공직에 나갈 기회를 빼앗았어요. 그 내용은 '유대인과 독일 시민 및 게르만족은 혼일할 수 없다', '유대인은 국가를 대표하는 색을 사용할 수 없으며, 그들만의 상징을 사용해야 한다'고 되어 있어요. 그리고 이 법률을 어길 경우, 투옥 및 강제 노동형에 처한다고 했어요. 이 법은 훗날 유대인 대학살인 홀로코스트를 자행하는 데 법적 근거가 되었어요.

02
학교생활 그리고 친구들

1942년 6월 20일 토요일

사랑하는 키티에게.

바로 시작할게. 지금 집이 아주 조용하단다. 아빠와 엄마는 외출하셨고 마르고 언니는 친구들과 탁구를 치러 갔어.

나도 요즘 탁구를 자주 치고 있는데 탁구 치는 친한 친구 다섯 명이 모여서 클럽을 만들기로 했어. 클럽 이름은 '작은곰자리 마이너스 2'야. 이상한 이름이지만 이 이름을 짓게 된 이유는 우리들의 착각에서 시작되었어. 뭔가 특별한 이름을 붙이고 싶었던 우리는 우리 다섯 명을 별자리에 빗대기로 했지. 그래서 '작은곰자리'로 결정했어. 나를 포함한 친구들 모두 작은곰자리에 별이

다섯 개 있다고 생각했는데 착각이었지 뭐야. 작은곰자리도 큰곰자리처럼 별이 일곱 개라는 거야. 그래서 '마이너스 2'를 붙였어.

우리 탁구 클럽 친구들은 모두 아이스크림을 굉장히 좋아해. 특히 여름에는 탁구를 치고 나면 무척 더워서 시합이 끝나자마자 아이스크림 가게인 델피나 오아시스에 가. 두 가게 모두 유대인도 들어갈 수 있는 곳이야.

우린 아이스크림을 사 먹기 위해 용돈을 받지 않아도 돼. 평소 오아시스에는 손님들로 북적거리고 그곳에서 친절한 아저씨나 남자 친구가 우리에게 일주일 동안 먹어도 다 못 먹을 정도로 많은 아이스크림을 사 주니까 말이야.

아직 어린 내가 남자 친구에 관한 이야기를 해서 많이 놀랐겠지. 하지만 학교에선 그렇게 될 수밖에 없는 것 같아. 어떤 남학생이 내게 자전거를 타고 집에 같이 가자고 해서 대화를 하다 보면 대부분은 금세 내게 빠져들어서 나한테서 눈길을 떼질 못해. 물론 얼마 지나지 않아 식어 버리지만 말이야. 아무리 남학생들이 내게 뜨거운 눈길을 보내도 내가 무시하고 빠르게 페달을 밟고 가 버리면 금방 효과가 나타나. 이렇게까지 했는데도 계속 따라붙어서 귀찮게 굴면 난 내 자전거를 약간 흔들어 내 책가방이 떨어지게 해. 그러면 그 남학생은 자전거에서 내려 내게 가방을 건네주려고 하고 그때쯤 내가 다른 이야기를 꺼내서 화제를 바

꾸는 거야.

이런 애들은 상대하기 쉽지만 가끔은 자기 입술에 손을 대었다가 떼면서 내게 키스를 날리는 시늉을 하거나 내 팔을 잡으려는 아이도 있어. 안됐지만 완전히 헛다리 짚는 애들이지. 그런 아이가 있으면 나는 얼른 자전거에서 내려 더는 같이 가기 싫다고 말하거나 모욕을 당해 기분이 상했다는 듯한 표정을 지으며 따라오지 말라고 분명하게 말해 줘.

왠지 우리는 어느 정도 친해진 것 같아. 그럼 내일 다시 봐. 안녕.

안네가.

1942년 6월 21일 일요일

사랑하는 키티에게.

우리 반 학생들이 모두 떨고 있어. 조금 있으면 진급이 결정되기 때문이야. 누구는 다음 학년으로 올라갈 거고, 누구는 지금 학년 그대로 있을 수밖에 없을 거라고 말들이 많아.

G. Z와 나는 뒷자리에 앉은 남자아이 C. N과 자크 때문에 웃음이 끊이지 않아. 둘 다 여름 방학 때 쓸 돈을 다 날리고 말 거야. 온종일 "넌 진급될 거야", "아냐, 그럴 리가 없어", "될 거라니까!" 하면서 돈을 걸고 내기를 하고 있거든.

내 생각으론 우리 반의 4분의 1은 지금 학년을 다시 한 번 다녀야 한다고 생각해. 이 중에는 어떻게 해 볼 수 없는 바보들도 있거든. 하지만 선생님들의 변덕을 누가 알겠어.

나와 내 친구들은 그다지 걱정하지 않고 있어. 어떻게든 진급하게 될 거니까 말이야. 내 수학 성적이 조금 걱정이지만 지금은 기다리는 수밖에 없어. 결과가 나올 때까지 서로 진급할 수 있다며 격려해 줘야겠지.

선생님들은 모두 아홉 분이신데 나는 모든 선생님에게 귀여움을 받고 있어. 그중에 케이싱 선생님은 나이 많으신 수학 선생님인데 한동안 나를 못마땅하게 생각하셨어. 내가 너무 말이 많다는 거야. 그래서 나는 벌로 〈수다쟁이〉라는 제목의 글을 써야 했어. 하지만 수다쟁이에 관해서라니……. 도대체 어떻게 쓰면 좋을까?

한참을 고민하다가 좋은 생각이 떠올라서 얼른 3페이지를 채웠어. 글은 대충 이런 내용이야.

◎　◎　◎

수다는 여성의 특성이며 앞으로 수다를 떨지 않도록 노력은 하겠지만 아마 고치긴 힘들 것이다. 왜냐하면 우리 엄마는 나만큼, 아니 어쩌면 나보다 더한 수다쟁이니까 말이다. 유전인 걸 내가 어쩌겠는가?

◎　◎　◎

　　케이싱 선생님께서도 결국 이 글을 읽고 웃고 마셨지만 다음 시간에 내가 여전히 수다를 떨었기 때문에 다시 벌로 글을 쓰게 되었어. 제목은 〈고쳐지지 않는 수다 버릇〉으로, 글을 써서 냈더니 다음 수업 시간에는 전혀 주의를 받지 않았어.

　　하지만 세 번째 시간에도 계속된 내 수다에 참을 수 없으셨는지 선생님께서 내게 이렇게 말씀하셨어.

　　"안네, 수다를 떤 벌이다! 〈수다쟁이 아줌마가 꽥꽥거린다〉라는 제목으로 글을 써 와라."

　　선생님의 말씀에 교실은 순식간에 웃음바다가 되었어. 나도 친구들을 따라 웃긴 했지만 '수다'에 대해서 더는 쓸 만한 이야깃거리가 없었어. 그래서 다른 방법이 필요하다고 생각했지.

　　다행스럽게도 시를 잘 쓰는 친구인 산네가 도와주기로 해서 이번엔 시를 써 보기로 했어. 케이싱 선생님은 일부러 우스운 제목을 내서 나를 놀림거리로 만들려고 하셨겠지. 그렇다면 나도 선생님을 웃음거리로 만들어야 하지 않겠어?

시는 꽤 잘 지어졌다고 생각해. 아빠 오리와 엄마 오리 그리고 세 마리의 아기 오리 이야기인데 아기 오리들이 너무 시끄럽게 떠들어 댄 통에 백조의 부리에 쪼여 죽게 된다는 이야기야.

다행히 케이싱 선생님께 이 농담이 통했는지 교실에서 큰 소리로 친구들에게 읽어 주셨고 심지어 다른 반에서도 몇 번인가 읽어 주셨대. 그 뒤로는 내가 수다를 떨어도 혼내지 않으셨고 물론 숙제도 내주지 않으셨지. 지금도 가끔 케이싱 선생님은 그 시를 농담거리로 삼고 계셔.

그럼 안녕. 안네가.

1942년 6월 24일 수요일

사랑하는 키티에게.

오늘은 찌는 듯이 더운 날이야. 가만히 있어도 녹아내릴 것처럼 더운 이 날씨에도 나는 어디든 걸어가야만 해. 전차라는 편리한 운송 수단이 있지만 우리 유대인들에게는 허락되지 않은 사치품이야. 유대인 따위는 걸어 다닐 수 있다는 것만 해도 감지덕지하라는 뜻이겠지.

어제 아침에 재밌는 일이 있었어. 자전거 보관소 앞을 지나가

바빌론 유수

'유수'란 잡아 가둔다는 뜻으로 '바빌론 유수'는 기원전 587년 신바빌로니아가 유다 왕국을 멸망시키고 유다 왕국의 유대인들을 포로로 끌고 간 사건을 말해요. 바빌론 유수는 기원전 597년부터 538년 사이 몇 차례에 걸쳐 일어났어요. 이때 끌려간 유대인들은 갖은 고생과 고난을 겪었지만 유대교를 성립하고 민족의 힘을 키워 나갔어요. 그리고 기원전 538년경 예루살렘으로 돌아왔어요.

는데 누군가 날 부르는 목소리에 뒤돌아봤어. 거기에는 그저께 내 친구 빌마의 집에서 만났던 잘생긴 남자아이가 서 있었어. 그 애는 조금 머뭇거리면서 다가와 자기는 헬로 실베르베르라고 소개하며 괜찮다면 같이 학교에 가지 않겠느냐고 물었어. 나는 조금 놀랐지만 아무렇지 않은 척 "어차피 같은 방향이니까 그러지 뭐"라고 대답했지. 같이 학교에 가면서 헬로는 자기는 열여섯 살이라고 했고 재밌는 이야기도 많이 해 주었어.

오늘 아침에도 그 애는 날 기다리고 있었어. 아마 앞으로도 그러지 않을까?

안네가.

1942년 7월 1일 수요일

사랑하는 키티에게.

그동안 네게 일기를 쓸 틈이 전혀 없었어. 목요일에는 온종일 친구와 지냈고, 금요일에는 집에 손님이 오셨지 뭐야. 그러다 보니 벌써 오늘이 되어 버렸지.

헬로와 나는 지난 일주일 사이에 아주 친해졌어. 우리는 서로 자신에 대해 여러 가지 이야기를 나누었어. 헬로는 혼자 네덜란드로 와서 지금은 할아버지, 할머니와 함께 살고 있대. 부모님은 벨기에에 계시지만 지금은 만나러 갈 기회가 없다고 하더라고.

지금까지 헬로는 우르슐라라는 좀 둔한 여자 친구를 만났어. 그런데 헬로는 나를 알게 된 이후로 우르슐라에 대해 품었던 환상이 어리석었다는 걸 깨달은 것 같아. 아무래도 나는 헬로의 눈을 뜨게 하는 매력이 있나 봐.

일요일 밤, 헬로가 집으로 놀러 오기로 되어 있었는데 6시쯤 전화가 걸려 왔어. 전화를 받자 수화기 너머에서 "저는 헬무트 실베르베르입니다. 안네와 통화하고 싶습니다"라는 목소리가 들리더라고.

"헬로. 나 안네야."

"아, 안네. 잘 지내? 뭐 해?"

"음, 그냥 있어."

"미안한데 오늘 밤에 못 가게 되었어. 하지만 널 잠깐이라도 만나서 이야기하고 싶은데, 10분쯤 뒤에 가도 될까?"

"괜찮아, 기다리고 있을게. 이따 봐."

"응. 곧 갈게."

헬로와 전화를 끊자마자 나는 급하게 옷을 갈아입고 머리도 다듬고 초조하게 기다렸어. 왠지 이상한 기분이었지. 초인종이 울리는 소리를 듣고 내려가서 문을 열자 헬로가 봇물 터진 듯이 말했어.

"안네, 우리 할머니 말이 너는 너무 어려서 자주 불러내거나 하면 안 된다고 하셨어. 그보다 우르슐라를 만나라고 하시는 거야. 하지만 너도 알다시피 난 우르슐라랑 더 만날 생각 없어."

"어쩌다 그렇게 된 거야? 싸우기라도 한 거야?"

"아니, 그런 게 아니야. 난 단지 우르슐라에게 너하고는 아무래도 잘 안 맞는 것 같으니까 이제 만나지 않는 게 좋겠다, 친구로서 서로의 집에 놀러 가도 반겨 줄 수 있는 그런 사이가 되자, 라고 했을 뿐이야. 난 우르슐라가 다른 남자아이도 만나고 있다는 걸 이미 알고 있었어. 우리 삼촌은 우르슐라에게 사과하라고 하시는데 난 그럴 생각 없어. 할머니도 너보다는 우르슐라랑 만나길 원하시는 것 같지만 노인들의 고리타분한 말들을 다 따를 순 없지. 앞으로는 수요일 저녁, 토요일 오후와 저녁, 일요일 오후에는 언제든지 널 만날 수 있어. 그보다 더 자주 만나게 될지도 몰라."

"그렇지만 할머니가 반대하시는데 숨어서 몰래 만날 순 없잖아."

"걱정 마. 사랑하니까 어떻게든 잘 될 거야."

이런 이야기를 주고받는 사이에 우리는 책방 앞을 지나쳤어. 거기에 페터르 스히프가 다른 남자아이 두 명과 함께 서 있다가 내게 말을 걸어 왔어. 그 애가 오랜만에 말을 걸어서 무척 기뻤지.

월요일 밤엔 헬로가 와서 우리 부모님을 만났어. 나는 크림 케이크, 사탕, 차, 쿠키 등 산더미 같은 음식을 준비했어. 하지만 얼마 지나지 않아 헬로와 나는 인형처럼 꼼짝 않고 앉아 있는 게 지겨워져서 밖으로 산책하러 나갔어.

헬로가 날 집까지 바래다주었을 때는 8시에서 10분이 지난 시간이었어. 이 일로 아빠는 기분이 안 좋은 듯하셨어. 다 큰 여자아이가 이렇게 늦게까지 돌아다니는 건 잘못된 일이라고 하셨어. 그래서 앞으로는 반드시 8시 10분 전까지 집에 들어오겠다고 약속했어.

이번 주 토요일에는 내가 헬로네 집에 초대받았단다.

이건 빌마에게서 들은 이야기야. 어느 날 헬로에게 빌마가 물어보았대.

"넌 우르슐라와 안네 중에 누굴 더 좋아하는 거야?"

그랬더니 "네 알 바 아니야"라고 대답했대. 그래서 둘 다 아무 말 없이 앉아 있다가 헬로가 돌아갈 시간이 되자 이렇게 말하고 도망치듯 돌아갔대.

"그럼 말해 줄 테니 아무한테도 말하지 마. 내가 좋아하는 건 안네야."

헬로가 내게 푹 빠져 있다는 건 누가 봐도 쉽게 알 수 있을 거야. 가끔은 이런 입장이 되어 보는 것도 기분이 좋아지는 것 같아. 마르고 언니는 헬로가 예의 바른 아이라고 말했어. 엄마도 그 애가 잘생기고 점잖은 아이라고 칭찬해 주셨지. 우리 가족이 헬로를 칭찬해 주니 나도 기분이 좋아.

헬로를 칭찬하지 않는 건 내 여자 친구들뿐이야. 헬로는 내 친구들이 유치하대. 솔직히 정말 유치하긴 하지. 그 예로 자크는 항상 헬로 이야기를 꺼내면서 나를 놀려 대려고 해. 하지만 내가 정말 좋아하는 사람은 헬로가 아니야. 사실 남자 친구가 몇 명 정도 있어도 이상할 건 없잖아? 그런데 아무도 그렇게 생각하지 않는 것 같아.

엄마는 앞으로 내가 커서 누구와 결혼할지 궁금해하셔. 하지만 그게 바로 페터르인 줄은 짐작도 못 하실 거야. 페터르 이야기가 나와도 나는 얼굴을 붉히거나 눈도 깜박거리지 않고 재빨리 화제를 딴 데로 돌려서 엄마가 그런 생각을 못 하시게 했거든.

난 페터르를 좋아해. 이제껏 다른 사람을 이렇게 좋아해 본 적이 없었어. 난 항상 나 자신에게 '페터르가 다른 여자아이들과 닥치는 대로 사귀는 건 본심을 감추기 위해서다'라고 혼잣말을 해. 아마 페터르는 나와 헬로가 서로 좋아하는 사이라고 생각하고 있겠지만 그건 정말 오해야. 헬로는 내게 그냥 친구이거나, 엄마가 즐겨 쓰는 표현을 빌리자면 나의 '기사' 정도일 뿐이니까 말이야.

그럼 안녕. 안네가.

1942년 7월 5일 일요일

사랑하는 키티에게.

지난 금요일에 시험 결과가 발표되었어. 내 시험 성적은 생각보다 나쁘지 않았어. 10점 만점에 수학을 5점 받은 것만 빼면 나머지는 거의 7점이었고, 두 과목이 8점, 또 다른 두 과목은 6점이었어. 우리 가족들도 모두 기뻐해 주었지.

사실 우리 부모님은 다른 부모님과 달리 내 성적에 대해 그다지 신경 쓰시는 편은 아니야. 내가 건강하고 행복하게 지내면서 그다지 건방지게 굴지만 않는다면 만족하신대. 나머지는 어떻게든 잘해 나갈 거라고 생각하시는 것 같아.

하지만 난 그렇지 않아. 난 공부 못하는 애가 되고 싶지 않거

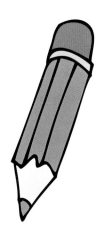

제2차 세계 대전이란?

1939년 9월 1일, 독일이 폴란드를 침략하면서 시작된 전쟁이에요. 이후 영국, 프랑스, 미국 등을 중심으로 한 연합국과 독일, 이탈리아, 일본을 중심으로 한 추축국이 전쟁에 참여하면서 세계적인 규모의 전쟁이 되었어요. 연합국은 1943년과 1945년에 이탈리아와 독일을 함락시키고, 1945년 8월 일본에 원자 폭탄을 떨어뜨려 일본의 항복을 받아내고 전쟁이 끝났어요. 제2차 세계 대전은 인류가 일으킨 전쟁 중에서 가장 많은 사람들이 죽거나 다친 전쟁이며, 어마어마한 재산 피해를 낳았어요.

든. 원래대로라면 나는 몬테소리 학교 7학년으로 올라가야 했는데 내가 졸라서 특별히 유대인 중학교로 오게 된 거야. 물론 열심히 공부해서 겨우 입학할 수 있었어.

마르고 언니는 늘 그랬듯 훌륭한 성적표를 받았어. 우리 학교에 우등생에게 상을 주는 제도가 있었다면 당연히 언니가 받았을 거야. 언니는 머리가 아주 좋거든.

아빠는 요즘 자주 집에 계셔. 회사에 나가셔도 할 일이 없으시대. 아빠는 자신이 쓸모없는 존재라고 생각하시며 속상해하시겠지? 1941년에 아빠가 세운 회사는 클레이만 씨와 쿼흘레르 씨가 이어받아 일하기로 했어.

며칠 전에 아빠와 함께 집 근처의 광장을 걷고 있었는데 갑자기 아빠께서 우리가 숨어 살아야 할지도 모른다고 하셨어. 그러면서 세상과 떨어져 사는 게 얼마나 힘든 일이겠느냐며 걱정하셨어. 내가 왜 그래야 하냐고 묻자 아빠가 이렇게 말씀하셨어.

"안네, 우리가 벌써 1년이 넘게 다른 곳으로 식료품이나 옷, 가구 같은 것들을 옮기고 있다는 건 잘 알고 있지? 독일군에게 빼앗기지 않기 위해서이기도 하지만 그보다 더 중요한 건 독일군에게 붙잡히지 않기 위해서야. 그러니 독일군이 붙잡으러 오기 전에 우리가 먼저 숨어야 한단다.”

“그럼 언제 숨나요?”

아빠가 심각하게 말씀하셨기 때문에 나도 걱정스러워졌어.

“넌 걱정하지 마. 어른들이 전부 준비해 왔으니까 그때까지는 편하게 네 삶을 즐기렴.”

아빠의 말은 여기까지였어. 제발 이런 두려운 일은 아주 먼 훗날 일어나길 바랄 뿐이야.

아, 초인종이 울려. 틀림없이 헬로일 거야. 그럼 다시 만나.

안네가.

03
은신처로

1942년 7월 8일 수요일

키티에게.

일요일부터 오늘까지 그 짧은 시간이 몇 년이나 된 것 같은 기분이 들어. 너무나 많은 일이 한꺼번에 일어나서 세상이 거꾸로 뒤집힌 것 같아. 어쨌건 키티, 난 살아 있고, 아빠도 지금은 그게 가장 중요한 일이라고 말씀하셨어.

그래, 분명히 나는 살아 있어. 하지만 어디에서 어떻게 지내고 있는지 묻지 말아 줘. 이야기해 줘도 이해하기 어려울 테니까 말이야. 일요일 오후부터 어떤 일이 있었는지 지금부터 차근차근히 이야기할게.

헬로가 나중에 또 오겠다며 돌아간 오후 3시, 누군가 초인종을 눌렀어. 그때 나는 집 뒤편 베란다에 누워 한가롭게 햇볕을 쬐며 책을 읽고 있어서 그 소리를 듣지 못했어. 그런데 조금 뒤에 언니가 긴장한 얼굴로 들어오더니 조그맣게 속삭였어.

"나치스 친위대에서 아빠에게 소환장●을 보내왔어. 엄마는 아빠의 직장 동료 판 단 아저씨에게 의논하러 가셨어."

그 말을 듣고 나는 큰 충격을 받았어. 소환장이라니. 그게 무엇을 의미하는지는 유대인이라면 누구나 알고 있어. 아빠가 강제 수용소로 끌려갈 수도 있다는 말이었어.

"아빠가 잡혀가시게 내버려 두지 않을 거야. 엄마는 우리가 내일이라도 당장 숨어 살 곳으로 가야 할지를 판 단 아저씨에게 의논하러 가신 거야. 판 단 아저씨 가족도 우리와 함께 갈 예정이거든. 모두 합해 일곱 명인 거지."

언니의 말을 끝으로 우린 한동안 아무 말도 하지 않았어. 아빠 일을 생각하니 마음이 무거워졌어. 소환장이 날아온 줄도 모르고 아빠는 유대인 요양소에서 봉사활동을 하고 계실 테니 말이야.

나치스 친위대

'나치스 친위대'는 1925년 나치스의 수장 히틀러의 개인 경호를 맡는 조직으로 출발하였으나 후에는 독일 경찰력을 장악하는 거대 조직이 되었어요. 다른 말로는 'SS'라고도 해요. 이들은 1945년 해체될 때까지 히틀러에게 무조건적으로 충성하며 복종했어요. 나치스 친위대는 국내외 정보를 수집하며 첩보 활동을 벌이는 한편 정치범, 유대인, 전쟁 포로 등을 대상으로 악명 높은 학살 활동을 했어요. 1946년 독일이 전쟁에 패한 후, 연합국 재판소에서는 나치스 친위대를 범죄 단체로 선언했어요.

●
소환장 … 법원 등이 특정한 사람에게 날짜를 알려 출석할 것을 명령하는 내용을 적은 서류.

나치스 친위대 선전 포스터

그때 갑자기 초인종이 울렸어. 나는 헬로라고 생각하고 문을 열어 주려고 했지.

"열어 주지 마."

언니가 나를 잡으며 말했어.

하지만 내가 열어 줄 틈도 없이 엄마와 판 단 아저씨가 현관에서 헬로와 말하는 소리가 들렸고 그 두 사람은 재빨리 집으로 들어와 문을 잠갔어. 그때부터 초인종이 울릴 때마다 언니나 내가 살짝 계단을 내려가 아빠인지 아닌지 확인했어. 아빠가 아니면 누구도 열어 주지 않기로 했어.

판 단 아저씨와 엄마는 여러 가지 이야기를 해야 해서 언니와 나는 자리를 피해야만 했어. 언니는 나와 침실에 단둘이 있게 되자 실은 그 소환장이 아빠가 아닌 언니 자신에게 온 것이라고 말해 주었어. 그 말을 듣고 나는 더 무서워져서 결국 울음을 터뜨리고 말았어. 이제 겨우 열여섯 살인 언니를 잡아가려 하다니. 며칠 전에 아빠가 먼저 몸을 숨기고 살아야 한다고 하신 것은 틀림없이 이런 일을 두고 말씀하신 거겠지.

숨어 산다니……. 일곱 명이나 되는 많은 사람이 어디에 숨을 수 있을까? 도시일까, 시골일까? 주택일까, 오두막일까? 언제, 어디서, 어떻게 지낼까? 궁금한 점이 너무나도 많았지만 입 밖으로

034

낼 수가 없었어.

언니와 나는 짐을 싸기 시작했어. 중요한 것들만 책가방에 넣기로 했지. 내가 제일 먼저 챙긴 게 바로 이 일기장이야. 그리고 머리핀, 손수건, 교과서, 빗, 오래된 편지 같은 것들을 챙겼어. 앞으로 은신처에 살아가는데 이런 것들은 쓸데없는 것일지 몰라도 난 이것들을 챙긴 걸 후회하지 않을 거야. 추억은 내게 옷보다 훨씬 중요하니까 말이야.

5시가 돼서야 아빠가 겨우 집에 돌아오셔서 클레이만 씨에게 전화를 걸어 오늘 밤 집으로 와 달라고 부탁했어. 판 단 아저씨는 미프를 부르러 갔지. 미프는 1933년부터 계속 아빠의 회사에서 일한 덕분에 우리와 아주 친하거든. 얼마 뒤에 미프가 와서 우리의 구두와 원피스, 코트, 내복, 양말 같은 것들을 자신의 가방 속에 잔뜩 집어넣고 나서 밤에 다시 오겠다는 말을 남기고 돌아갔어.

미프가 가고 나자 집 안이 조용해졌어. 아무도 밥 먹자는 생각 따윈 하지 않았어. 밤이었지만 날씨는 아직도 더웠고 모든 게 낯설게 느껴졌어.

나치스와 네오나치

히틀러가 만든 정당인 '민족 사회주의 독일 노동자당'을 독일어로 줄여서 '나치스'라고 불러요. 그리고 이들의 주장과 사상을 '나치즘'이라고 해요. 나치즘의 기본 사상은 독일 민족인 게르만족이 가장 우수하기 때문에 다른 민족을 지배해야 한다는 거예요. 1919년 설립된 나치스는 히틀러가 총리가 된 1933년부터 정치권력을 장악해 제2차 세계 대전까지 몰고 왔어요. 오늘날 법으로 나치스는 금지되어 있지만, 나치스의 사상에 동조하는 새로운 나치, 즉 '네오나치'가 생겨나서 위험한 주장을 되풀이하고 있어요.

아우슈비츠 수용소

폴란드 남부에 위치한 아우슈비츠는 원래 인구 5만의 아주 작은 공업 도시였지만 제2차 세계 대전 중 나치스의 홀로코스트가 저질러진 장소가 되고 말았어요. '홀로코스트'란 대학살이라는 뜻이에요. 나치스는 아우슈비츠 수용소에서 유대인이라면 남녀노소를 가리지 않고 참혹하게 살해했어요. 이곳에서 1942년부터 시작된 대학살로 400만 명이 살해당했고 그중 약 3분의 2가 유대인이었다고 해요. 제2차 세계 대전이 끝난 후 폴란드는 인류에게 영원한 반성을 촉구하기 위해 이를 보존하기로 결정했어요. 그리고 유네스코도 1979년 이곳을 세계문화유산으로 지정했어요.

우리 집 2층에는 홀트스미트라는 30대 남자가 이혼하고 혼자 살고 있어. 그런데 그 남자가 그날따라 할 일이 없었는지 10시까지 아래층에서 서성거렸어. 그렇다고 우리가 무턱대고 그 남자를 쫓아낼 수도 없어서 모두 난처해했어.

11시가 되자 미프가 남편인 얀 히스와 함께 왔어. 두 사람은 이번에도 미프의 커다란 가방에 구두, 양말, 책, 속옷 따위를 넣고 얀의 주머니까지 가득 채우고 20분 후에 돌아갔어.

나는 너무 피곤해서 내 침대에서 자는 게 그날 밤이 마지막이라는 걸 알면서도 금방 잠들고 말았어. 다음 날 5시 30분에 엄마가 깨울 때까지 계속 잤지. 일어나 보니 다행히 날씨는 덥지 않았고 비가 내리고 있었어.

우리 가족은 북극 여행이라도 가는 사람들처럼 잔뜩 옷을 껴입었어. 최대한 옷을 많이 가져가기 위해서였지. 이런 상황에서 우리가 옷가지를 넣은 큰 가방을 갖고 돌아다닌다는 것은 말도 안 되는 일이었거든. 그래서 나는 속옷 두 벌에 바지를 세 벌이나 껴입고 그 위에다 원피스를 입고 거기에 치마와 재킷을 입었어. 그리고 여름용 얇은 코트를 걸치고 양말 두 켤레와 끈을 묶는 부츠를 신었지. 그뿐만 아니라 털모자에 목도리까지 정말 셀수도 없을 지경이야. 그렇게 입었는데도 또 챙길 옷이 남아 있었어. 출발하기도 전에 옷 사이에 파묻혀 질식할 지경이었지. 그래도 다행히 우리가 바깥으로 나갔을 때 수상하게 여기는 사람은 없었어.

마르고 언니는 책가방에 교과서를 가득 넣고 먼저 미프를 따라 자전거를 타고 어디론가 가 버렸어. 어디로 가는지는 전혀 몰랐어. 그 '은신처'라는 곳이 어딘지 아무도 내게 알려 주지 않았으니까.

먼저 간 언니를 빼고 우리 가족은 7시 30분에 집을 나섰어. 내가 작별 인사를 한 것은 고양이 모르체뿐이었어. 모르체는 이제 다른 집에서 살게 되겠지. 모르체는 홀트 스미트 씨에게 쓴 편지에 이웃에 맡겨 달라고 부탁해 두었어. 모르체를 위해 부엌에

아우슈비츠 강제 수용소

고기를 조금 남겨 두었어.

아침 식사 때 우리가 사용했던 그릇, 시트가 벗겨진 침대 등이 우리가 급히 떠났다는 걸 알려 줄 거야. 하지만 다른 사람들이 어떻게 생각하든 상관없어. 지금 우리가 바라는 것은 무사히 이곳을 빠져나가 안전한 곳에 도착하는 일밖에 없으니까.

내일 다시 쓸게.

그럼 안녕. 안네가.

1942년 7월 9일 목요일

키티에게.

아빠와 엄마 그리고 나는 손에 잡히는 대로 집어넣은 물건으로 가득 찬 가방과 쇼핑백을 든 채 계속해서 퍼부어 대는 빗속을 걸어갔어. 출근하는 사람들은 우리를 안됐다는 듯 바라봤지. 그들은 우리를 태워 줄 수 없다는 것에 안타까워하는 것 같았어. 노란 별표가 우리 가족이 유대인이라는 것을 말해 주고 있었으니까.

걸어가면서 아빠가 이번 계획에 대해서 말씀해 주셨어. 이미 몇 달 전부터 우리가 살 은신처에 생활하면서 필요한 많은 물건을 옮겨 놓았고 이제 거의 준비가 끝난 상태여서 원래대로라면 이번 달 16일에 은신처로 옮

길 계획이셨대. 소환장 때문에 은신처로 들어가는 날짜가 열흘 정도 앞당겨졌지만 그래도 참고 견디는 수밖에 없다고 하셨지.

은신처가 있는 곳은 놀랍게도 아빠의 사무실이 있는 건물 안이었어. 여기에 와 보지 않은 사람은 이런 곳에 숨는 게 이해하기 어려울 테니 설명해 줄게.

아빠 회사의 직원은 많지 않아. 퀴흘레르 씨, 클레이만 씨, 미프 그리고 스물세 살짜리 여사무원 베프 등 네 사람이야. 이들 모두 우리가 은신처로 온다는 걸 알고 있었어. 다만, 베프의 아버지인 포스콰일 씨와 창고에서 일하는 두 남자에게는 비밀로 했어.

이제 이 건물에 대해서 설명해 줄게.

1층에는 큰 창고 같은 곳으로 가게로 쓰이는 곳이 있는데 그곳은 방이 여러 개로 나뉘어 있어. 방들은 각각 계피, 정향, 후추 등을 보관하는 저장실과 그것을 가루로 빻는 방, 저장실, 베란다 등으로 나뉘어 있지.

그 창고 옆에 건물로 들어오는 현관이 있어. 여기로 들어가면 계단으로 이어지는 두 번째 입구가 있어. 이 계단을 올라가면 오른쪽에 문이 있고, 그 젖빛 유리문에는 고딕체로 '사무실'이라고 쓰여 있어. 이곳이 주 사무실이야. 아주 넓고 밝은 곳인데 여러 가지 물건들이 가득 차 있어. 베프, 미프, 클레이만 씨 등이 낮에 여기에서 일해.

주 사무실 옆에는 금고와 옷장 등이 놓여 있는 어둡고 작은 방이 있고, 그 안쪽에는 좁고 바람도 잘 들지 않는 어두운 사무실이 있어. 퀴흘레르 씨와 판 단 아저씨가 이 방을 쓰고 있었는데 지금은 퀴흘레르 씨 혼자 사용하고 있지. 이 방에는 복도를 통해서도 들어갈 수 있는데 유리문은 안쪽에서 열 수 있지만 밖에서는 웬만해선 열리지 않아.

퀴흘레르 씨의 사무실에서 석탄 저장소 앞을 지나 긴 복도를 통과하면 4단짜리 계단이 나오는데 이 계단은 이 건물에서 제일 좋은 방으로 이어져. 바로 사장실이지. 대부분 짙은 색깔인 가구들과 바닥에 깔린 카펫, 라디오, 멋진 전기스탠드 등 모든 게 다 고급스러워 보여. 사장실 바로 옆에는 물 끓이는 포트와 수도, 가스레인지가 갖춰진 넓은 주방이 있고 그 옆에는 화장실이 있어. 여기까지가 2층이야.

사장실에서 나와 다시 되돌아가서 복도 가운데 있는 나무 계단을 올라가면 3층에 이어지는 계단 중간에 층계참이 있는데 좁긴 하지만 그럭저럭 복도 역할을 대신하고 있어. 이 층계참의 양쪽 끝에는 문이 하나씩 있는데 왼쪽 문을 열면 상품 보관실로 이어진 복도가 있고 다락방으로 가는 계단도 보여. 복도 끝에는 네덜란드식으로 만들어진 무척 가파른 계단이 있고 이 계단을 내려가면 바로 거리로 나갈 수 있는 세 번째 입구가 있지. 층계참의 오른쪽 문은 우리가 사는 '은신처'의 입구야. 평범해 보이는 회색 문 안쪽에 많은 방이 숨어 있으리라곤 아무도 상상하지 못할 거야.

문 앞에 작은 계단이 있고 여기를 오르면 은신처로 들어갈 수 있어. 들어가면 입구의 바로 맞은편에 가파른 계단이 있어. 계단 왼쪽에 있는 짧은 통로를 지나면 우리 프랑크 일가의 거실 겸 침실, 그 옆에 있는 작은 방이 우리 자매를 위한 공부방 겸 침실이야. 계단의 오른쪽에는 세면대와 작은 화장실이 있는 창문 없는 작은 방이 있고, 여기에서 또 하나의 문이 마르고 언니와 내 방으로 연결되어 있어.

계단을 올라가서 첫 번째 문을 열면 누구든 깜짝 놀랄걸? 이렇게 넓고 밝은 방이 오래된 건물 안에 있다는 게 말이야. 이 방은 전에 퀴흘레르 씨가 실험실로 사용해서 가스레인지와 싱크대가 갖춰져 있어. 여기가 앞으로 주방 겸 판 단 아저씨 부부의 침실로 사용될 거고 우리 모두의 거실이자 식당 겸 주방이 될 거야. 이곳 옆에 있는 좁은 복도와 함께 쓰이는 방은 페터 판 단 씨의 방이 될 예정이야. 게다가 여기에도 아래층과 똑같이 커다란 다락방이 있어.

자, 어때? 지금까지 소개한 모든 게 우리들의 멋진 은신처야.

그럼 안녕. 안네가.

1942년 7월 10일 금요일

사랑하는 키티에게.

우리가 이곳에 도착하자, 기다리고 있던 미프가 앞장서서 재빨리 긴 복도를 지나 나무 계단을 올라가서 곧장 이 은신처로 데려다 주었어. 은신처 안으로 들어가니 마르고 언니는 이미 와 있었지. 이제야 겨우 우리 가족만 남게 된 거야.

은신처 안은 어떤 방이든 발 디딜 틈 없이 어질러져 있었어. 아빠 말대로 몇 달 전부터 옮겨진 골판지 상자들이 마룻바닥이며 침대 위에 산더미처럼 쌓여 있었고, 이불도 천장에 닿을 정도로 많았어.

오늘 밤 제대로 된 침대에서 자기 위해서는 당장 짐 정리를 해야만 했어. 하지만 엄마와 마르고 언니는 피곤했는지 시트도 안 깔린 침대에 드러누웠어. 슬프고 비참한 기분이었겠지. 하지만 정리에 목숨을 거는 아빠와 나는 당장 일을 시작했어.

온종일 상자들을 풀어서 서랍 속에 물건을 넣고 정리하고, 뚝딱거리며 망치질을 해 댔어. 그 덕분에 그럭저럭 깨끗하게 정리된 침대에 들어갈 수 있었어. 아침부터 따뜻한 음식은 입에 대지 못했지만 누구도 뭐든 먹어야겠다는 생각을 하지 못했어. 엄마랑 언니는 정신적인 충격 때문에 식욕이 없었고 아빠와 나는 정리하느라 너무 바빴거든.

화요일 아침에는 가족 모두 어제 하다 만 일을 계속해서 하기로 했어. 베프와 미프는 우리를 대신해서 배급품을 받아다 주었고 아빠는 전기 시설을 고쳤으며 나머지 사람들은 부엌 바닥을 닦는 등 온종일 바쁜 시간을 보냈어.

수요일이 되어서야 나는 겨우 여유가 생겨서 내 주변에서 일어난 일들에 대해 그리고 앞으로 일어날 일들에 대해 생각할 수 있는 시간을 갖게 되었어.

그럼 안녕. 안네가.

오늘날까지 남아 있는 암스테르담의 교회 시계탑

1942년 7월 11일 토요일

사랑하는 키티에게.

아빠, 엄마, 언니는 아직 길모퉁이의 교회 시계탑에서 15분마다 흘러나오는 종소리가 거슬리는 모양이야. 나는 그 소리가 꽤 마음에 들었고 밤에는 친근하게까지 느껴지던데 말이야.

숨어 산다는 게 어떤 기분인지 알고 싶을 거라 생각해. 그런데 실은 나도 아직 잘 모르겠어. 이 집이 진짜 우리 집처럼 편안하지는 않지만 그렇다고 이곳 생활이 끔찍하게 싫은 것만도 아니야. 그냥 독특한 별장에서 휴가를 보내는 기분이야.

이 은신처는 숨어 살기에 아주 좋아. 마루가 약간 기울었고 습기가 차긴 하지만 이렇게 숨어 살기에 좋은 곳은 온 암스테르담을 뒤져도, 아니 네덜란드 전체를 뒤져 봐도 이곳뿐일 거야.

우리 방의 벽은 처음에 아무것도 없어서 썰렁해 보였지만 아빠가 미리 옮겨 둔 내 그림엽서와 영화배우 사진들로 장식하기로 했어. 그렇게 꾸며 놓고 나니 우리 방은 훨씬 화려해졌어. 이제 판 단 아저씨 가족이 오면 다락방에 있는 나무를 얻어 서랍장 같은 것도 만들 수 있을 거야.

엄마와 언니는 이제 어느 정도 기운을 차린 것 같아. 어제 엄마는 처음으로 수프를 만들었는데 아래층에 이야기하러 내려갔다가 요리하는 중이었다는 걸 깜빡 잊어버리는 바람에 콩이 새카맣게 타서 냄비에 눌어붙어 버렸어.

어제저녁에는 우리 가족 모두가 함께 2층에 있는 사장실에서 라디오를 들었어. 나는 이 소리를 누군가에게 들킬까 봐 무서워서 빨리 3층으로 돌아가자고 아빠를 졸랐어. 엄마가 내 기분을 알아주어서 함께 올라왔어. 이런 일 외에도 우리는 굉장히 신경을 쓰며 지내고 있어. 우리가 움직이다가 소리를 내서 다른 사람에게 들키면 안 되니까 말이야.

이곳에 온 첫날, 제일 먼저 커튼을 만들었어. 보통 때 같았으면 절대 커튼이라고 하지 않았을 만큼 형편없었어. 무늬도 천도 서로 다른 헝겊 조각들을 아빠와 내가 서툰 솜씨로 꿰매 만든 탓에 흐느적거렸지. 커튼은 압정으로 고정시켜 두었어. 아마 우리가 이 집을 떠날 때까지 떨어질 일은 없을 거야.

은신처 주변에는 회사나 가구 공장이 있어. 일하는 시간이 지나면 사람들은 다 돌아가 버리지만 그래도 우리는 소리를 내서는 안 돼. 마르고 언니는 지독한 감기에 걸렸는데도 사람들에게 들키지 않기 위해 기침을 하면 안 된다는 말에 기침약을 잔뜩 먹었어.

화요일에 판 단 아저씨 가족이 온다고 했는데 무척 기다려져. 분명히 더 활기차고 즐거워지겠지?

내가 제일 견디기 힘든 것은 저녁 무렵부터 시작되는 쥐죽은 듯한 고요함이야. 우리를 도와주는 사람 중 단 한 명만이라도 이

유대교와 기독교

유대교는 유대인의 민족 종교로 모세의 율법을 기초로 하여 이스라엘 민족의 유일한 신 여호와를 믿어요. 유대교는 기원전 4세기경부터 발달했는데, 예수를 메시아로 인정하지 않아요. 그래서 예수 탄생 이전의 '옛 약속'이라는 뜻의 구약성서만 인정하고 예수의 행적을 기록한 '새로운 약속'이라는 뜻의 신약성서는 인정하지 않아요. 쉽게 비교하면, 유대교와 기독교의 차이는 예수를 메시아로 인정하느냐 인정하지 않느냐 그리고 신약성서를 경전으로 인정하느냐 인정하지 않느냐로 단순하게 나누어 볼 수 있어요.

곳에서 함께 잔다면 얼마나 좋을까. 절대로 바깥으로 나갈 수 없다는 것이 얼마나 답답한 일인지 말로 표현할 수가 없어. 하지만 숨어 지내는 걸 들켜서 총에 맞아 죽는 건 더 무서워. 이런 상상이 그다지 즐겁지 않다는 건 말하지 않아도 알겠지?

1942년 7월 12일 일요일

한 달 전만 해도 모두 내 생일이라며 내게 잘해 주었는데, 지금은 점점 엄마와 언니에게서 거리감이 느껴져. 오늘은 내가 공부를 열심히 했다고 다들 칭찬해 주더니, 채 5분도 안 되어 나를 공격하더라니까.

누가 봐도 이건 금세 알아차릴 만한데, 엄마가 언니와 나를 대하는 태도에는 정말 큰 차이가 있어. 한 번은 언니가 청소기를 잘못 다루는 바람에 온종일 전등 없이 지내야 했어. 그런데도 엄마는 "마르고, 네가 그걸 다루는 데 익숙지 않으니 어쩌겠니. 코드를 뺄 때 힘을 주어서는 안 돼"라고 하셨어. 언니도 뭐라 두어 마디 중얼중얼하더니 그 일은 그걸로 마무리되고 말았지.

그런데 오늘, 엄마가 쓴 쇼핑 목록을 내가 다시 쓰려고 했어. 사실 엄마 글씨는 정말 알아보기 어렵거든. 엄마는 그게 마음에 들지 않으셨는지 그 자리에서 또 지독한 잔소리를 늘어놓았어.

게다가 가족 모두 엄마 편을 들지 뭐야.

　전부터 느끼고 있었지만, 아무래도 난 엄마와 언니랑은 마음이 맞지 않나 봐. 가끔이지만 나를 이해해 주는 건 아빠뿐이야. 아빠마저도 대부분은 엄마나 언니 편을 들지만. 내가 무엇보다 참을 수 없는 건, 다른 사람들에게 나를 울보라고 하거나 재치 있다고 하는 거야. 게다가 가끔 우리 고양이 모르체에 대해 말하기도 하는데, 이건 정말이지 쓸쓸한 내 마음을 몰라주는 거야. 모르체를 생각하면 그리워서 자꾸만 눈물이 나. 그래서 가끔 어떻게 하면 모르체를 되찾을까 고민하기도 해.

　여기서는 늘 그런 몽상만 하고 있어. 전쟁이 끝나기 전까지는 계속 이렇게 지내겠지. 밖으로는 한 발자국도 나갈 수 없고, 가끔 얼굴을 내미는 사람들이라곤 미프와 남편 얀, 베프 포스콰일, 포스콰일 씨, 퀴흘레르 씨, 클레이만 씨밖에 없으니까. 게다가 클레이만 씨의 부인은 위험하다고 생각하는지 한 번도 얼굴을 내민 적이 없어.

04
은신처 생활에 적응하기

1942년 8월 14일 금요일

사랑하는 키티에게.

한 달 내내 소식을 전하지 못했어. 솔직히 이곳에서는 네게 들려줄 흥미로운 이야깃거리를 찾을 수가 없어.

판 단 아저씨 가족은 7월 13일에 이곳에 왔어. 원래는 14일에 올 예정이었는데 13일부터 16일 사이에 독일군이 사람들에게 무턱대고 소환장을 보낸다고 하는 바람에 앞당겼다고 해.

우리가 한참 아침을 먹고 있던 아침 9시 30분에 판 단 아저씨 집안의 외아들인 페터가 찾아왔어. 곧 열여섯 살이 된다는데 행동이 조금 느리고 수줍음을 많이 타는 아이였어. 페터와 그다지

재미있게 놀 순 없을 것 같아. 그 애는 무시라는 이름을 가진 고양이를 데리고 왔어. 판 단 아저씨는 부인과 함께 30분쯤 뒤에 왔지. 그런데 우습게도 커다란 침실용 요강을 모자 상자에 숨겨 오셨어. "이게 없으면 어딜 가도 불편해서 말이야"라고 부인이 말했어.

그날부터 두 가족이 함께 식탁에 둘러앉으니 마치 대가족 같았어.

판 단 아저씨는 우리가 숨어 지낸 일주일 사이에 바깥세상에서 일어난 여러 가지 일들을 말해 주었지. 그중에서 가장 재미있었던 건 우리 집과 홀트스미트 씨에 관한 이야기였어.

"월요일 아침 9시에 홀트스미트 씨가 빨리 와 달라고 하는 거예요. 놀라서 어쩔 줄을 몰라 하면서 말이에요. 그는 안네가 써 놓은 편지를 보여 주면서 거기에 쓰인 대로 고양이를 이웃집에 맡기자고 했죠. 그러고는 그는 경찰들이 집에 쳐들어오면 어떻게 하냐며 불안해하기에 나도 그와 함께 방을 정리하고 식탁도 깨끗이 치웠어요. 그러다가 우연히 프랑크 씨 부인이 사용하던 책상 위에서 마스트리흐트의 주소를 적은 종이쪽지를 발견했죠. 난 프랑크 씨가 일부러 은신처가 아닌 마스트리흐트● 쪽으로 도망간 것처럼 보이기 위해 쪽지를 놓아두었다는 걸 눈치챘지만 괜히 놀란 척했어요. 그리고 홀트스미트 씨에게 이걸 들키기 전

●
마스트리흐트 … 네덜란드 남동쪽에 위치한 도시. 제2차 세계 대전 중 저항 운동을 하던 사람들의 은신처로 이용되었다.

유대인, 이스라엘인, 히브리인

유대인은 히브리 어를 사용하고 유대교를 믿는 민족이에요. '히브리 어'란 이스라엘의 언어를 일컬어요. 그래서 유대인, 이스라엘인, 히브리인이라고 하면 같은 민족을 가리킨다고 할 수 있어요. 유대인은 고대에 팔레스타인에 살았지만 로마 제국에 의해 멸망당하자 천여 년 동안 세계 각지에 흩어져 살았어요. 그러다 19세기 말에 고향으로 돌아가자는 운동인 '시오니즘'을 일으키며 1948년 팔레스타인에 이스라엘이라는 나라를 세웠어요. 그러자 지금의 팔레스타인에 수천 년 동안 살고 있던 민족이 쫓겨나면서 '팔레스타인 분쟁'이 시작되었어요.

에 어서 찢어 버리라고 시켰어요. 계속해서 난 당신네 가족들이 어디에 숨었는지 아무것도 모르는 척하고 있었는데 순간 한 가지 좋은 생각이 떠올라서 홀트스미트 씨에게 말했죠. '아, 그 주소가 뭔지 알 것 같소. 반년 전쯤에 우리 사무실에 독일군 장교가 찾아온 적이 있다오. 프랑크 씨하고는 아주 친한 사이인 것처럼 보였고 어려운 일이 생기면 언제라도 힘이 되어 주겠다고 말하더군요. 그 장교가 마스트리흐트에 살고 있소. 틀림없이 그 장교가 약속대로 프랑크 씨 가족을 벨기에를 거쳐 스위스 같은 곳으로 보냈을 거요. 혹시라도 누군가 물어본다면 이렇게 말해 줘야겠소. 물론 마스트리흐트 이야기는 하지 말고 말이오.' 이렇게 말하고 홀트스미트 씨하고는 헤어졌지요. 아마 지금쯤 당신 친구들은 거의 다 이 소식을 들었을 거요. 나도 다른 사람들에게서 그 이야기를 몇 번이고 들었으니까."

이 이야기는 정말 재미있었어. 정말이지 사람들은 제멋대로 상상하며 사나 봐. 어떤 이웃은 우리 가족이 아침 일찍 자전거를 타고 어디론가 가는 걸 봤다고 하고, 또 어떤 아주머니는 우리가 한밤중에 군용 트럭에 실려 갔다고 진지하게 말했다지 뭐야.

그럼 안녕. 안네가.

은신처의 비밀 책장

1942년 8월 21일 금요일

사랑하는 키티에게.

우리가 사는 은신처 입구는 완벽하게 감추어져 있어. 퀴흘레르 씨가 문 앞에 책장을 놓는 게 좋겠다고 해서 그렇게 했어. 책장은 회전하면서 문처럼 여닫을 수 있게 했어. 멋진 회전 책장은 베프의 아버지인 포스콰일 씨가 만들어 주셨어. 이미 포스콰일 씨에게 은신처에 관한 비밀을 다 털어놓았고 그분은 우리를 굉장히 친절히 대해 주고 계셔.

지금은 거의 공부를 하지 않고 있어. 그냥 9월까지는 여름 방학이라고 생각하려고. 9월이 되면 아빠가 공부를 가르쳐 주시기로 했어.

생활은 거의 변화가 없어. 오늘은 페터가 머리를 감았는데 이런 건 새로운 소식도 안 되겠지? 페터에 대해선 아직 좋은 감정이 안 생겨. 하루 중 절반은 침대에 누워 빈둥거리는 따분한 아이거든.

　오늘 아침에 난 엄마한테 심한 잔소리를 들었어. 엄마와 나는 생각하는 게 달라서 견딜 수가 없어.

　날씨가 정말 화창해서 생각하기 싫은 일은 웬만하면 잊어버리고 다락방에 접을 수 있는 침대에 누워서 좋은 날씨를 즐기기로 했어.

　그럼 안녕. 안네가.

1942년 9월 21일 월요일

사랑하는 키티에게.

　내가 끊임없이 수다를 떠는 게 판 단 아주머니는 마음에 안 드시나 봐. 그 덕분에 나는 하루가 멀다 하고 아주머니에게 꾸중을 들어. 판 단 아주머니는 날 괴롭히려고 열을 올리고 있지만 난 신경 쓰지 않기로 했어.

　학교에서는 이미 새 학기가 시작됐을 거야. 나도 열심히 공부하고 단어들을 다섯 개씩 외우려고 하고 있어. 하지만 학교에서 배운 것들마저 벌써 잊어버렸으니 황당할 따름이야. 페터도 영어 때문

abcdefg
hijklmnop
gqrstuvw
xyz

에 끙끙거리고 있어.

아까 일기에 판 단 아주머니의 흉을 봤는데 아주머니가 갑자기 들어오시는 거야. 놀라서 재빨리 일기장을 덮었더니 아주머니가 이렇게 말씀하시는 거 있지.

"안네, 좀 보여 줄 수 있니?"

"안 돼요."

"맨 마지막 페이지만이라도, 응?"

"절대 안 돼요. 죄송하지만."

마지막 페이지라는 말을 듣고 간 떨어질 뻔했어. 아주머니에 대해 써 놓은 부분이 바로 그 페이지였으니까.

그럼 안녕. 안네가.

제2차 세계 대전의 원인

제1차 세계 대전이 끝난 후 세계는 미국을 중심으로 경제를 회복해 갔어요. 그러나 1929년, 미국의 경제 대공황으로 은행은 파산하고, 공장과 기업이 문을 닫았으며, 실업자가 증가하는 등 세계 경제가 멈추다시피 했어요. 이렇게 혼란스러운 사회를 틈타 독일·이탈리아·일본 등에서 독재 정권이 들어서면서 자기 민족과 국가의 이익만을 위하는 '전체주의'를 내세웠어요. 이들은 해외로 눈을 돌려 다른 나라를 점령할 계획을 세워, 일본은 우리나라와 중국을, 이탈리아는 에티오피아를, 독일은 오스트리아와 체코슬로바키아를 점령하며 점차 전 세계로 전쟁이 번져 갔어요.

1942년 9월 27일 일요일

사랑하는 키티에게.

오늘 엄마와 '대화'라는 걸 했어. 그런데 나는 제대로 이야기도 하지 못하고 울음을 터뜨리고 말았어. 나도 이런 내가 정말 싫어. 하지만 어쩔 수 없었어.

아빠는 언제나 다정하게 대해 주고 누구보다 날 잘 이해해 줘. 하지만 엄마는 전혀 그렇지 않아. 나와 반대되는 사람이지. 아주 조그마한 문제조차 내가 어떻게 생각하고 있는지 전혀 모르시니까 말이야. 엄마와 다투고 나면 아빠는 나를 감싸 주시지. 아빠가 안 계셨더라면 나는 여기서 견디기 어려웠을 거야. 게다가 나는 마르고 언니와도 그다지 잘 지내고 있지 않아. 마르고 언니나 엄마는 나와 성격이 정반대인 것 같아.

벌써 몇백 번째인지 알 수 없지만 판 단 아주머니는 오늘도 내게 화를 냈어. 판 단 아저씨 부부는 자기 자식뿐만 아니라 남의 자식 버릇까지 고치려 들어. 나보고 어른들의 말에 함부로 끼어든다든가 수다를 많이 떤다는 거야. 다른 건 몰라도 수다 떠는 버릇만큼은 나도 어쩔 수가 없어. 그나마 부모님께서 날 감싸 주셨기에 다행이지. 이런 점에서 우리 부모님은 내게 너그러우신 것 같아.

식사 중에 내가 채소를 먹지 않고 감자만 먹는 것을 본 판 단 아주머니는 가만히 있지를 못하셨어.

"안네가 우리 집에서 자랐으면 저런 나쁜 버릇은 단번에 고치도록 했을 텐데……."

'안네가 우리 딸이었다면' 하는 것은 판단 아주머니의 입버릇이야. 휴, 정말 내가 그 집 딸이 아니길 천만다행이야.

그럼 안녕. 안네가.

1942년 9월 28일 월요일

사랑하는 키티에게.

어제는 하고 싶은 말이 더 있었는데 중간에 끝내야 했어. 오늘도 말다툼에 대해 이야기하려고 해.

도대체 어른들은 왜 작은 일로도 말다툼을 하고 싶어 할까? 이제까지 말다툼은 어린애들이나 하는 거고, 어른이 되면 말다툼 따위는 하지 않을 거라고 생각했어. 게다가 나를 두고 말다툼을 - 어른들은 의논이라고 하지만 - 벌이는 것에는 도무지 익숙해지지 않아.

어른들 말로는 내가 무엇 하나 좋은 구석이 없대. 내 외모, 성격, 태도 모두 다 말다툼거리가 되고 있어. 내가 정말 모두 말하는 것처럼 버릇없고 건방지고 고집 세고 주제넘은 행동을 하는

제2차 세계 대전의 발발

독일은 소련과 비밀리에 서로 침범하지 않겠다는 불가침 조약을 맺고 전쟁 준비를 마친 1939년 폴란드를 침공하였어요. 이에 영국과 프랑스가 맞서 싸우면서 제2차 세계 대전이 시작되었어요. 신식 무기로 무장한 독일에 의해 폴란드는 점령당했고, 소련도 약속된 몫을 차지하려고 폴란드를 공격하고, 핀란드와 발트 3국, 즉 에스토니아, 라트비아, 리투아니아를 점령했어요. 또한 독일은 전쟁 초기에 프랑스, 덴마크, 노르웨이, 네덜란드 등 서부 유럽 대부분을 점령하였어요. 승승장구하던 독일은 1941년 마침내 불가침 조약을 깨고 소련의 레닌그라드를 침공했다가 패배하고 말았어요.

걸까? 분명히 그럴 리 없어. 다른 사람들처럼 나도 부족한 점은 있어. 하지만 그래도 사람들 말은 너무 과장된 거야.

키티, 내가 이렇게 바보 취급을 당하면 화가 나서 속이 부글부글 끓어오른다는 걸 알아주었으면 좋겠어. 분명 언젠가는 폭발하고 말 거야. 하지만 말다툼 이야기는 이쯤에서 그만둘게. 아마 너도 싫증이 났을 거야.

그럼 안녕. 안네가.

1942년 9월 29일 화요일

사랑하는 키티에게.

여기에는 목욕탕이 없어서 대야에 물을 받아서 목욕을 해야만 해. 게다가 더운물이 나오는 곳은 사무실뿐이야.

우리 일곱 명은 각자 목욕하는 장소가 달라. 페터는 문이 유리로 되어 있어서 다 비치는데도 주방에서 목욕을 해. 그래서 페터는 목욕하기 전에 주방 유리문 앞을 지나가지 말아 달라고 사람들에게 부탁하곤 하지. 판 단 아저씨는 4층에 있는 자신의 방에서 목욕을 하셔. 더운물을 판 단 아저씨 방까지 옮기는 건 조금 힘든 일이지만 남의 눈치 보지 않고 마음 편히 목욕할 수 있어서 그러시는 것 같아. 판 단 아주머니는 어디가 가장 좋은 장소일지 살펴보느라 요새 통 목욕을 하지 않으시지. 아빠는 사장실에서 엄마는 주방에 있는 칸막이 안에서 목욕을 하서. 마르고 언니와 나는 2층에 있는 사무실을 썼어.

하지만 난 이곳이 마음에 들지 않아서 지난주부터 좀 더 좋은 장소를 찾고 있었어. 그러자 페터가 사무실에 있는 큰 화장실이 어떠냐고 물었어. 거기라면 걸터앉거나 불을 켤 수 있고 자물쇠도 채울 수 있어. 또 다 쓴 물을 버리기도 쉬워. 누가 들여다볼까 하는 걱정도 할 필요가 없고 말이야. 그래서 지난 일요일에 처음으로 이 목욕탕을 사용해 봤는데 목욕하기에 최고의 장소였어.

화장실 하니까 생각나는 일이 있어. 지난주에 아래층에서 화장실 배수관 공사를 하는 바람에 우리는 화장실을 쓸 수 없게 되어 버렸어. 우리는 과일 병조림용 병으로 요강을 만들어 사용했어. 볼일을 보는 것도 불편했지만 나는 온종일 아무 말도 해서는 안 되는 게 더 고통스러웠어. 소리를 내지 않으려고 이야기도 못하고 움직일 수도 없다는 것은 너무나 힘든 일이야.

그럼 안녕. 안네가.

05
우울한 나날

1942년 10월 1일 목요일

키티에게.

어제는 무서운 일이 있었어. 8시쯤에 갑자기 초인종이 요란하게 울렸던 거야.

우리는 독일군이라고 생각해서 잔뜩 긴장했지만 다행히도 아무 일도 없었어. 아이들이 장난삼아 눌렀거나 우편 배달부였나 봐.

이곳은 여전히 조용한 하루하루가 계속되고 있어. 누구도 작은 소리조차 내지 않아. 나 같은 말괄량이가 몇 시간 동안이나 꼼짝도 않고 지내다니 몇 개월 전이라면 누가 상상이나 했겠어?

29일은 판 단 아주머니의 생일이었어. 화려하게 축하해 드리지는 못했지만 그래도 아주머니를 위해 작은 파티를 열었어. 특별한 음식을 만들거나 조그만 선물과 꽃도 드렸지. 판 단 아저씨는 붉은 카네이션을 선물했는데 해마다 이렇게 해 왔다고 하셨어.

나는 요즘 페터에게 가끔 마음을 터놓기도 하는데 어떻게 보면 페터도 꽤 재미있는 아이야. 페터와 나는 분장하기를 좋아해. 우리가 분장을 하면 모두 우릴 보고 즐거워해. 페터가 아주머니의 얇은 드레스를 입고 여성용 모자를 쓰면 나는 페터의 옷을 입고 남성용 모자를 써. 그 모습을 보고 어른들은 모두 배가 아플 정도로 웃기 때문에 우리까지 즐거워지지.

베프가 백화점에서 마르고 언니와 내게 새 치마를 사다 주었어. 예전에 감자를 담을 때나 쓰던 천처럼 형편없는 건데, 전쟁 전이었다면 절대 팔지 않을 치마였지. 하지만 지금은 비싸게 팔린다고 해.

요새 뒤뜰을 보면 검은 새끼 고양이가 자주 눈에 띄는데 그 고양이를 보면 나도 모르게 모르체가 생각나. 귀여운 모르체, 보고 싶어.

엄마의 잔소리는 여전해. 하지만 엄마는 우등생인 언니에게는 절대로 잔소리를 하지 않으시지. 나는 언니에게 꼭 내숭떠는 것 같다고 했더니 언니의 마음이 상한 것 같아.

그럼 안녕. 안네가.

나치스 비밀경찰, 게슈타포

나치스가 권력을 잡은 1933년에 국가에 위험이 되는 것을 수사하고 단속하겠다는 목적으로 만들어진 독일의 비밀경찰을 '게슈타포'라고 불러요. 게슈타포는 나치스의 사상에 위배되는 생각을 가진 사람들, 교회, 지식인, 유대인 등을 무자비하게 탄압했어요. 게슈타포는 제2차 세계 대전이 일어난 직후, 유럽 전역에 퍼져 있는 유대인을 폴란드의 강제 수용소로 모아 학살하는 임무를 수행했어요.

1942년 10월 9일 금요일

사랑하는 키티에게.

오늘은 우울한 소식뿐이야. 유대인들이 한꺼번에 열 명에서 열다섯 명씩 잡혀가고 있대. 사람다운 대접도 받지 못하고 가축을 운반하는 트럭에 실려 유대인 수용소로 보내진다고 해.

유대인 수용소는 들려오는 소문만 들어도 끔찍한 곳인 것 같아. 먹을 것은커녕 마실 물도 없고, 화장실과 세면장이 1,000명당 하나밖에 없대. 그나마도 물은 하루에 한 시간씩밖에 사용할 수 없다고 하고. 남자든 여자든 모두 섞어 자고, 여자와 어린 아이들은 머리카락을 다 밀어 버린다고 하더라. 그곳에서 도망치는 것은 불가능하대. 도망친다고 하더라도 모두 머리를 밀고 있으니 금방 눈에 띄니까 말이야.

영국의 라디오에서는 유대인들 모두 독가스로 죽이고 있다고 전해 주었어. 아마 그게 가장 빠르고 쉽게 사람을 죽일 수 있는 방법이라고 생각했나 봐.

미프에게서 이런저런 이야기를 듣고 나는 무서워서 꼼짝도 할 수 없었어. 미프도 우리만큼 마음 아파하고 있어. 바로 며칠 전에도 미프의 집 현관 앞에 다리가 불편한 한 유대인 할머니가 걸터앉아 있었대. 나치스 비밀경찰이 할머니에게 조금 이따가 수용소로 데려갈 테니 기다리라고 했다는 거야. 할머니는 덜덜 떨며 겁에 질려 있었다고 하더라고. 그렇다고 미프가 할머니를 집 안으로 숨겨 줄 수도 없는 노릇이었어. 그랬다가는 나치스의 비밀경찰이 미프에게 주먹을 휘두를 테니까.

미프는 지금 굉장히 슬퍼하고 있어. 남자 친구가 징용을 당해서 독일로 가게 되었거든. 미프는 남자 친구가 독일 군대에 있다가 다치거나 죽을까 봐 걱정하며 안절부절못하고 있어. 미프의 남자 친구뿐만이 아니야. 수많은 젊은이가 매일 열차에 가득 실려 어디론가 끌려간대. 아마 거기서 도망치는 것도 어려운 일일 거야.

우울한 소식은 여기서 끝나지 않을 것 같아. 인질이라는 말을 들어 본 적 있니? 독일군이 저지른 행동에 대해 저항하는 뜻으로 공장을 파괴하거나 하

독일의 부헨발트 강제 수용소로 이송된 네덜란드의 유대인들

아돌프 히틀러

는 사람들을 잡기 위해 만들어진 거야. 죄 없는 유대인들을 인질로 잡고 있다가 공장을 파괴한 범인이 잡히지 않으면 그때마다 비밀경찰은 인질 중에서 아무나 다섯 명을 가려내서 벽 앞에 세워 놓고 죽여. 신문에 가끔 그 인질들의 죽음을 알리는 기사가 실리는데 독일군의 그 끔찍한 행동을 '사고사'라고 표현하고 있어. 이렇게 심한 짓을 저질러도 되는 걸까?

정말 대단한 사람들이야. 독일군들 말이야. 더욱 견딜 수 없는 건 나도 처음에는 독일인의 한 사람이었다는 거야. 히틀러 덕분에 이미 국적은 빼앗겼지만 말이야. 이제 유대인과 독일인은 원수 관계가 되었어.

그럼 안녕.

1942년 10월 16일 금요일

사랑하는 키티에게.

한동안 네게 이야기할 틈이 전혀 없었어. 눈코 뜰 새 없이 바빴거든. 어제는 프랑스 어를 번역하고 새로 나온 단어를 정리했어. 그러고 나서 수학 문제를 하나 풀고 프랑스 어 문법도 공부했지.

오늘도 프랑스 어 문법과 역사 공부를 해야 해. 또 속기 연습도 하는데, 함께 시작한 다른 두 사람보다 내가 더 잘해. 이건 나 스스로도 대견해하고 있어.

지금 『돌격』을 읽고 있어. 이전에 읽었던 같은 작가의 『요프 테르 헬』 시리즈보다는 좀 못한 것 같아. 그래도 매우 뛰어난 작가라고 생각해. 언젠가는 내 아이들에게도 꼭 이 작가의 작품을 읽게 할 거야. 그 외에도 독일의 시인 쾨르너가 쓴 낭만적인 희곡을 빠짐없이 독일어로 읽었어. 『브레멘의 사촌들』, 『여자 가정교사』, 『녹색의 가면』 등은 정말 흥미로워.

나와 엄마, 언니의 사이는 전처럼 가까워졌어. 그래서 마음이 놓여. 어젯밤에는 언니와 한 침대에서 같이 잤어. 좀 비좁았지만, 그래도 즐거웠어. 언니가 언젠가 내 일기를 볼 수 있겠냐고 물어서 "그래, 조금이라면"이라고 대답하고, 언니의 일기도 보여 달라고 했어.

그 뒤에는 언니의 장래 희망을 물어보았어. 그런데 언니는 솔직하게 털어놓으려고 하지 않았어. 내 생각으로는 언니가 학교 선생님이 되고 싶은 것 같아. 하지만 이런 걸 꼬치꼬치 캐묻는 건 좋은 일이 아니니까 더 묻지 않았어. 그리고 언니에게 한 가지 더, 내가 못생겼느냐고 물어보았어. 언니는 그렇지 않다며, 그런대로 매력적이고 특히 눈이 예쁘다고 했어. 그런데 이 말, 너무 막연해서 믿어도 되는지 모르겠어.

그럼 안녕. 안네가.

1942년 10월 20일 화요일

사랑하는 키티에게.

무서운 일이 있었어. 벌써 두 시간이나 지났는데 여전히 손이 떨려.

오늘 아래층에서 공사를 하기 위해 목수가 찾아왔는데 아래층 사람들이 깜빡 잊고 우리에게 알려 주지 않았던 거야. 그래서 내가 우연히 바깥에서 들려오는 망치 소리를 듣기 전까지 은신처 사람들은 조용히 할 생각은 전혀 하지 않고 있었어. 아래층에 목수가 있다는 걸 알아챈 나는 우리와 점심을 먹고 있던 베프에게 지금 내려가면 안 된다고 말해 두었지. 그러고 나서 아빠와 둘이

문에 바짝 다가가서 밖에 있는 사람이 언제 돌아갈지 귀를 기울였어.

그런데 15분쯤 지나자 그 사람이 일을 끝냈는지 망치를 내려놓고 문을 두드리는 거야. 우리는 모두 새파랗게 질렸지. 그 사람이 책장 뒤에서 나는 소리 때문에 안쪽을 살펴보려고 하는 것일 수도 있었어.

우리가 떨고 있는 사이에도 그 사람은 계속 문을 두드리고 밀고 당겨 보기도 했어. 정말 기절하는 줄 알았어. 이렇게 우리의 은신처 생활은 끝났구나, 하는 생각이 들었거든.

이젠 틀렸다고 거의 포기했을 때쯤 "저예요. 문 좀 열어 주세요" 하는 클레이만 씨 목소리가 들렸어. 우리는 문을 열어 주었지. 책장을 고정시키는 고리가 어쩌다가 잘못 걸렸던 거야. 그래서 아래층 사람들이 아무도 목수가 온다는 것을 우리에게 알려주지 못했대. 목수가 일찍 일을 마치고 내려가서 클레이만 씨가 베프를 부르러 올라왔는데 이번에도 책장 고리가 걸려 있어서 열리지 않았고. 정말이지 이번처럼 안도의 한숨을 내쉰 적은 없었어. 휴, 살았다.

1942년 10월 29일 목요일

사랑하는 키티에게.

아빠가 아프서서 정말 걱정이야. 열이 높고 빨긋빨긋한 발진도 돋았어. 그렇지만 여기서는 의사 선생님을 부를 수 없어서 엄마는 아빠가 땀을 많이 흘리게 하려고 애를 쓰고 계셔. 땀을 흘려야 열이 내릴 테니까.

오늘 아침 미프에게 들었는데, 판 단 아저씨가 살던 집의 가구가 몽땅 없어졌대. 하지만 아직 판 단 아저씨께는 말씀드리지 않았어. 안 그래도 자주 발끈하는 성격인데, 아끼는 가구며 도자기들이 없어졌다는 소식을 들으면 정말 화를 내실 거야.

요즘 아빠는 내게 훌륭한 작가들의 작품을 읽게 하려고 애쓰고 계셔. 이제 나도 어느 정도 독일어를 읽을 수 있게 되었거든. 아빠는 집에서 괴테와 실러의 희곡을 가지고 오셨어. 그래서 밤마다 그 책들을 읽어 줘서.

아빠를 보고 배우셨는지, 엄마는 갑자기 내게 독일어로 된 기

스탈린그라드 전투 당시 독일군의 공격에 대비하고 있는 소련군

도서를 읽으라고 강요하고 계서. 하지만 아름다운 문장이긴 해도 그다지 끌리지는 않아. 엄마는 왜 내게 신앙을 강요하는 걸까? 난 신앙은 누구에게 강요할 만한 일은 아니라고 생각해.

내일부터는 난로를 피우게 되었어. 연기 때문에 질식하는 건 아닐까 걱정이 돼. 꽤 오랫동안 굴뚝 청소를 하지 않았으니까.

그럼 안녕. 안네가.

스탈린그라드 전투

1942년 여름부터 1943년 2월까지 러시아 스탈린그라드에서 벌어진 역사상 가장 참혹한 전투예요. 오늘날 '볼고그라드'라고 불리는 스탈린그라드는 옛 소련 산업의 중심지였으며, 석유를 공급하는 매우 중요한 지역이었어요. 제2차 세계 대전 당시 독일군은 스탈린그라드를 점령하기 위해 여러 번 이곳을 공격하였지만, 옛 소련은 이를 강하게 막아냈어요. 그사이 독일군은 혹독한 추위와 보급품의 부족으로 전세가 불리해져 결국 옛 소련의 포위로 항복하고 말았어요. 이 전투는 약 200만 명의 사상자를 냈으며, 독일의 패배는 전세를 뒤바꾸는 전환점이 되었어요.

1942년 11월 5일 목요일
사랑하는 키티에게.

영국군이 드디어 아프리카에서 승리했대. 스탈린그라드도 무사해. 덕분에 오늘 아침에는 은신처의 남자들 모두가 차와 커피로 기쁨을 나누었어. 그것 말고 특별한 일은 없어.

지난 일주일간 공부는 별로 못 했지만, 책은 많이 읽었어.

엄마와 요즘 어느 정도 잘 지내고는 있지만, 절대 속마음을 털어놓을 수는 없어. 아빠는 왠지 걱정이 있으신 것 같은데, 다른 사람들에게 감추려고 하서. 그래도 아빠는 한결같이 너그러우서.

사흘쯤 전부터 난로를 피우는데, 방 안에 연기가 자욱해. 언니는 온종일 신경에 거슬리고. 정말이지 지긋지긋해.

안네가.

1942년 11월 7일 토요일

사랑하는 키티에게.

엄마의 신경이 날카로워져 있어. 이런 상황은 언제나 내게 좋지 않은 일이 생길 거라고 알려 주지. 게다가 아빠나 엄마는 언니에게 화내는 일은 전혀 없이 내게만 잔소리를 해서.

엄마는 항상 언니 편만 들어. 누가 봐도 느낄 수 있을 정도로 말이야. 이젠 그것도 익숙해져서 웬만한 일에는 아무렇지도 않아.

하지만 아빠에 대해서는 전혀 달라. 아빠가 언니와 나를 비교하며 언니를 칭찬할 때면 내 마음이 아파. 아빠를 무척 좋아하기 때문이야. 언니를 질투하는 게 아니라 단지 아빠의 진실한 애정을 원할 뿐이야.

내가 이렇게 아빠의 사랑을 받고 싶어 하는 이유는 엄마와 사이가 점점 더 틀어져 가기 때문이고 아빠를 통해서만 가족의 정을 느낄 수 있기 때문이지. 하지만 아빠는 내가 엄마의 결점에 대해 이야기하려고 하면 그 이야기를 피하려고 해서.

엄마와 나는 모든 점에서 정반대야. 그러니 서로 의견이 다를 수밖에 없어. 엄마의 성격을 내가 좋다 나쁘다고 판단할 수는 없지만 엄마는 엄마다운 역할을 못하고 있다고 생각해.

가능하면 나는 엄마의 좋은 점을 보려고 노력하지만 잘 되지 않아. 가끔 이 세상에 아이들이 원하는 걸 전부 만족시켜 줄 수 있는 부모는 없는 것 같다고 생각해. 그래서 나는 스스로 노력해서 훌륭한 사람이 되려고 해. 나를 위로할 수 있는 사람은 나뿐이니까 말이야.

누워 있기만 해도 마음속이 부글부글 끓어올라. 이제 싫증난 사람들, 내 마음을 알아주지 않는 사람들, 이런 사람들을 참고 견뎌야 하기 때문이지. 내가 항상 네게 속마음을 털어놓는 것은 키티 너만큼은 언제나 참아 주고 내 말을 끝까지 들어 주기 때문이야.

키티에게 약속할게. 어떤 일이 있어도 나는 꼭 참고 견딜 거야. 눈물을 삼키면서 어떤 어려움 속에서도 내가 갈 길을 찾을 거야. 내가 바라는 것은 그 노력의 결과를 빨리 확인할 수 있었으면 하는 것과 나를 사랑해 주는 누군가로부터 가끔은 위로받았으면 하는 것뿐이야.

날 나쁘게 생각하지 말아 줘. 그냥 나도 가끔은 폭발할 때가 있다는 것만 기억해 줬으면 좋겠어.

그럼 다음에 또. 안네가.

1942년 11월 9일 월요일

키티에게.

어제는 페터의 열여섯 번째 생일이었어. 8시에 나는 위층으로 올라가서 쌓여 있는 선물을 구경했어. 게임판, 면도기, 라이터 같은 것들이 있었지.

하지만 무엇보다도 가장 큰 선물은 1시에 판 단 아저씨가 들려준 소식이었어. 영국군이 튀니스와 알제리, 카사블랑카, 오란에 상륙했다는 거야. "이제 곧 끝나는구나"라고 모두 이야기했어. 희망적인 소식이 들려오고 있어.

그건 그렇고, 다시 은신처 생활에 대한 이야기를 할까 해. 식량을 어떻게 해결하고 있는지 말해 줄게.

빵은 클레이만 씨가 아는 아주 친절한 빵집 아저씨에게서 사 와. 전처럼 많이 살 수는 없지만 부족하지 않게 먹을 수 있어. 배급 카드도 몰래 사고 있어. 자꾸 가격이 오르고 있대. 고작 인쇄된 종이 한 장인데 말이야. 통조림은 지금 100통 정

도 있는데 그 외에도 더 보관할 수 있는 식품이 필요할 것 같아서 말린 강낭콩과 완두콩을 120킬로그램 정도 샀어. 그렇다고 우리가 전부 먹는 건 아니고 일부분은 사무실 사람들의 몫이야.

콩은 겨울을 나기 위해 여섯 자루에 나눠 담아서 다락방에 두기로 했어. 다섯 자루는 무사히 옮길 수 있었는데 마지막 자루를 끌어올릴 때 자루 밑 부분이 터져서 갈색의 마른 콩이 비처럼 계단 위로 쏟아졌지 뭐야. 콩이 쏟아지는 소리는 어마어마했어. 은신처 사람들도 이 낡은 은신처 건물 전체가 무너지는 게 아닐까 생각했대. 자루를 들고 있던 페터도 깜짝 놀라긴 했지만 곧 깔깔거리며 웃음을 터뜨렸어.

그럼 안녕. 안네가.

제2차 세계 대전의 과정

독일이 서부 유럽을 침공하던 시기, 일본은 1937년에 시작한 중일 전쟁을 진행 중이었고, 동남아시아까지 침략하려 했어요. 1941년 미국이 일본을 막아서자, 일본은 하와이의 진주만을 공격해 태평양 전쟁을 일으켰어요. 그래서 그해 12월 8일, 미국은 일본에 선전 포고하고 제2차 세계 대전에 뛰어들었어요. 1943년대 초 소련이 독일을 물리치고, 그해 9월 연합군이 이탈리아에 상륙하여 항복을 받아 내면서 전세는 연합군에 유리해졌어요. 노르망디 상륙 작전 이후 독일은 1945년 5월 무조건 항복하였으며, 그해 8월 미국이 일본에 원자 폭탄을 투하하면서 일본도 항복하며 제2차 세계 대전은 막을 내렸어요.

추신. 방금 라디오를 통해 영국군이 알제리를 함락했다는 소식을 들었어. 모로코, 카사블랑카, 오란은 이미 며칠 전부터 영국군이 차지하고 있지. 다음은 튀니스 차례야.

06
여덟 번째 피신자

1942년 11월 10일 화요일

사랑하는 키티에게.

새로운 소식이 있어. 은신처에 여덟 번째 식구를 맞이하게 되었어. 우리는 전부터 은신처에 한 사람 정도 더 함께 살 공간도, 식량도 충분하다고 생각해 왔어. 다만 퀴흘레르 씨와 클레이만 씨에게 더는 폐를 끼치고 싶지 않아 아무 말도 하지 않았어.

그런데 최근에 바깥세상이 유대인들이 살아가기에 더 위험한 상태가 되었다는 소문을 듣고 아빠는 두 사람에게 의견을 내놓았어. 한 명을 더 숨겨 줄 수 있겠느냐고 말이야. 그랬더니 두 사람 모두 아주 좋은 생각이라며 말씀하셨대.

"일곱 명이 여덟 명이 된다고 해서 더 위험해질 리 없을 겁니다."

이 일이 결정되자 우리는 우리가 아는 사람들 중에서 혼자 살고 은신처 사람들과 잘 지낼 수 있을 만한 사람을 어렵지 않게 찾을 수 있었어. 판 단 아저씨가 자기의 친척을 추천했지만 모두가 반대했고, 결국 치과 의사인 알베르트 뒤셀이라는 사람과 함께 살게 되었어. 미프가 잘 아는 사람으로 조용하고 품위 있대.

뒤셀 씨에게는 여기에 올 때 간단한 치과 의료 기구를 가져와 달라고 부탁했어.

그럼 안녕. 안네가.

1942년 11월 12일 목요일

사랑하는 키티에게.

미프에게서 뒤셀 씨에 대한 이야기를 들었어. 미프를 보자마자 뒤셀 씨는 어디 몸을 숨길 만한 곳이 없겠느냐고 물었대. 그래서 미프가 괜찮은 곳이 있다고 하니까 굉장히 기뻐했지만, 최대한 빨리 옮겨야 한다니까 조금 망설였다는 거야. 진료 카드도 정리해야 하고, 환자도 진찰하고 밀린 진료비도 받아야 한다나.

이 이야기에 모두 뒤셀 씨가 늦게 오는 건 좋지 않은 일이라고 생각했어. 이것저것 주변 정리를 하다 보면 여러 사람에게 변명도 해야 하고, 그러다 보면 비밀이 새어 나갈 수 있거든. 그래서 우리는 어떻게든 토요일 안에 오라고 날짜를 정해 주었는데 뒤셀 씨는 결국 일을 모두 끝내고 월요일에 오겠다고 했대.

아무리 중요한 일이라도 그렇지, 이렇게 좋은 은신처가 있는데 선뜻 들어오지 않는 건 정말 이상한 일이야. 만약 그 사이 체포되어 버리면 진료 카드 정리나 환자 진찰이 무슨 의미가 있겠어. 아빠도 그래. 도대체 왜 그런 건방진 사람을 받아 주겠다는 거야.

그럼 안녕. 안네가.

1942년 11월 17일 화요일

사랑하는 키티에게.

뒤셀 씨가 왔어. 모든 게 잘 되었지.

1시 20분에 뒤셀 씨가 사무실 문을 두드렸어. 뒤셀 씨 가슴에 단 노란색 별표가 보이지 않도록 미프가 코트 벗는 걸 도와준 후 2층의 사장실로 안내했지. 그리고 청소부 아주머니가 나가기를 기다렸다가 미프가 뒤셀 씨를 데리고 3층으로 올라왔어. 책장을 회전시켜 문을 열자 뒤셀 씨는 놀라서 눈이 휘둥그레지더래.

은신처 안에 있던 우리 일곱 명은 새로 온 뒤셀 씨를 환영하기 위해 4층의 거실에 모여 커피와 술을 준비해 놓고 테이블 주위에 둘러앉아 있었어. 미프가 우리가 있는 4층으로 데려오자 뒤셀 씨는 우리 가족을 보고 놀라서 의자에 털썩 주저앉더니 입을

오늘날의 암스테르담

열어 독일어를 섞어 가며 말했어.

"벨기에……에는 가지 않았군요? 장교가 도와주지…… 않았나요? 그럼…… 도망가는 데…… 실패한 건가요?"

우리는 뒤셀 씨에게 모든 것을 설명했어. 독일군을 속이려고 일부러 거짓 소문을 냈다고 말이야. 그 이야기에 뒤셀 씨는 좋은 방법이라며 감탄했어. 그리고 우리의 은신처를 살펴보며 아주 잘 만들어진 곳이라고 놀라워했어.

뒤셀 씨는 어안이 벙벙해서 아무 일도 손에 잡히지 않는 듯했지만 우리가 은신처의 규칙이 적힌 종이를 건네주었을 때는 한결 편해진 모습이었어.

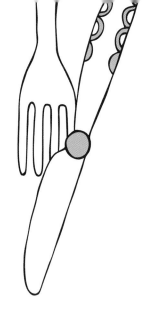

〈은신처의 목적 및 안내〉

유대인을 위해 임시 거주지로 만든 특별 시설

* **연중무휴**: 주위에 나무가 우거진 아름답고 한적한 곳으로 암스테르담 중심가에 있음. 이웃 없음. 교통수단은 13번, 17번 전차 또는 자동차 혹은 자전거. 독일군이 교통수단을 이용하지 말라고 할 때는 도보로도 가능. 식사 제공, 외식 모두 가능.

* **방값 및 식비**: 무료.

* **식사**: 비만 방지를 위한 특별식.

* **급수**: 욕실 있음(단, 욕조 없음). 또한 여러 곳에 수도꼭지가 있음.

* **난방**: 준비되어 있음.

* **수납**: 충분한 공간 있음. 귀중품을 넣을 큰 금고 두 개 있음.

* **라디오 방송**: 런던·뉴욕·텔아비브 등 많은 방송국에서 직접 수신 가능. 오후 6시 이후에는 어떤 방송국의 방송도 들을 수 있지만 독일어 방송은 클래식 음악 외에는 들을 수 없음.

* **휴식 시간**: 오후 10시부터 오전 7시 30분까지. 일요일은 오전 10시 15분까지. 상황에 따라 특별 휴식을 취할 수도 있음.

* **사용 언어**: 항상 조용한 목소리로 말할 것. 독일어를 제외한 모든 문명국가의 언어 사용 가능.

* **독서와 오락**: 독일어로 쓰인 책은 과학책 및 고전 문학만 읽을 수 있

음. 그 외의 언어는 모두 가능.

- **운동**: 매일 할 것.

- **노래**: 오후 6시 이후, 조용히 노래하는 경우에만 가능.

- **영화**: 상담해 보고 결정.

- **학과**: 매주 1회 속기 강습이 있음. 영어 · 프랑스 어 · 수학 및 역사
  공부는 언제든지 할 수 있음. 수업료는 다른 과목을 가르치는 것으
  로 대신함.

- **애완동물**: 원할 때는 허가를 받을 것(단, 해충이 있는 애완동물은 안 됨).

- **식사 시간**

  아침- 일요일과 휴일을 빼고 매일 오전 9시. 일요일과 휴일은 오전
  11시 30분.

  점심(가볍게)- 오후 1시 15분부터 45분까지.

  저녁(차갑거나 따뜻한 것)- 시간은 정확하지 않음. 뉴스 방송 시간에 따
  라 다름.

- **의무 사항**: 은신처에 사는 사람은 사무실의 일을 도와야 함.

- **목욕**: 매주 일요일 오전 9시부터 각자 대야를 사용할 수 있음. 장소
  는 각자의 취향에 따라 화장실 · 부엌 · 2층 사장실 · 주 사무실 등을
  사용할 수 있음.

- **알코올음료**: 의사의 처방이 있을 때 가능함.

07
비참하고 안타까운 바깥세상

1942년 11월 19일 목요일

사랑하는 키티에게.

뒤셀 씨는 모두의 예상대로 좋은 사람이야. 작지만 내 방에서 같이 지내기로 했어. 솔직히 내 방을 함께 쓰는 건 썩 내키지는 않지만 이 정도 희생은 참아 내기로 했어. "누군가 한 사람이라도 도울 수 있다면 다른 일은 나중 문제야"라고 아빠가 말씀하셨는데 옳은 말이야.

뒤셀 씨는 바깥세상에 일어난 여러 가지 일들을 들려주었어. 너무나 비참한 이야기뿐이었어. 매일같이 녹색과 회색이 섞인 군용 트럭이 땅을 흔드는 소리를 내며 들이닥쳐서는 집집마다 초인종을 누르면서 유대인이 있느냐고 묻는대. 있으면 그 자리에서 모든 가족을 잡아가고 만약 없으면 다음 집 초인종을 누른다는 거야.

저녁이 되어 어두워지면 죄 없는 착한 사람들이 울부짖는 아이들과 함께 줄을 맞추어 걸어가는 모습을 나도 가끔 본 적이 있어. 그 사람들 주변에는 감시하는 군인이 두 명 정도 따라가며 심하게 찌르거나 밀쳐서 넘어뜨리기도 해. 늙은 사람, 어린이, 갓난아기, 임신한 여자, 병자 누구든 상관없이 끌려가.

여기에 있는 우리는 얼마나 행복한 사람들인지 몰라. 따뜻한 보살핌 속에서 살아가고 있으니 말이야. 이미 잡혀간 유대인들을 생각하면 마음이 아파. 이런 추운 밤에도 내가 좋아하는 친구들은 얻어맞으며 끌려가고 있을 텐데 나만 이렇게 따뜻한 침대에 누워 있는 게 미안한 마음이 들어. 나와 친했던 친구들이 이 세계에서 가장 잔인한 자들의 손아귀에 잡혀 있다고 생각하면 소름이 끼쳐. 그것도 아무 죄도 없이 유대인이라는 이유 때문에 말이야.

그럼 안녕. 안네가.

1942년 11월 20일 금요일

사랑하는 키티에게.

모두 뒤셀 씨에게 들은 이야기를 어떻게 받아들여야 할지 몰라 고통스러워하고 있어. 이제까지는 바깥세상의 유대인들이 겪는 일을 들어도 우리끼리는 가능한 한 밝게 지내는 게 좋다고 생각했지. 그런데 뒤셀 씨는 비참하고 슬픈 이야기만 전해 주었어. 그런 이야기는 한 번만 들어도 잊히질 않아.

우리는 언제든 불쌍한 바깥사람들에 대해 생각하지 않으면 안 될까? 즐거운 일이 있어서 마음 놓고 웃고 싶어도 참아야 하고, 잠깐 기분이 들떴던 것을 부끄럽게 생각해야 할까? 온종일 우울해야 할까?

아니, 그건 불가능한 일이고, 점차 나아지겠지. 그런데 여기에 내게 또 우울한 일이 닥쳤어. 사실 바깥세상의 우울한 일에 비하면 이건 대수롭지 않아. 하지만 말하지 않고는 견딜 수가 없어. 요즘은 나만 외톨이가 된 기분이고, 홀로 갇혀 있는 것 같거든. 이제까지는 이런 적이 없었어. 늘 주변에 재미있는 일이 가득했는데, 지금은 자꾸 세상의 고통스러운 일이나 불행한 내 문제만 생각하게 돼.

요즘 깨달은 한 가지는 아빠가 아무리 너그럽고 상냥해도 사라져 버린 내 작은 세계를 대신해 줄 수 없다는 거야. 엄마나 언니는 말할 것도 없고.

왜 이런 쓸데없는 이야기로 널 괴롭히는 걸까. 키티, 난 정말 고마움을 모르는 사람인가 봐. 하지만 모든 사람이 내게 모두 비난을 퍼붓고, 갖가지 불행한 일들을 생각하면 머리가 아파 참을 수 없어.

그럼 안녕. 안네가.

1942년 11월 28일 토요일

사랑하는 키티에게.

그동안 우리가 전기를 너무 많이 써서 이제 절약하지 않으면 전기가 끊어진다지 뭐야. 하지만 전기가 없는 생활도 재미있을 것 같지 않아?

요즘은 오후 4시나 4시 30분만 되어도 어두워져서 책을 읽을 수가 없어. 그래서 남은 시간을 보내려고 수수께끼 놀이를 하기도 하고, 어두운 곳에서 체조를 하기도 하고, 영어와 프랑스 어로 이야기를 주고받기도 해. 하지만 뭘 해도 금세 싫증 나고 말아.

어젯밤에는 망원경으로 불이 켜진 뒷집의 창문을 몰래 엿보았어. 낮에는 커튼을 조금이라도 열면 안 되지만 밤에는 괜찮거든.

이웃 사람들을 훔쳐보는 건 꽤 재미있어.

이제껏 나는 뒤셀 씨가 아이들을 좋아하는 착한 사람인 줄 알았는데 점점 본성이 드러나고 있어. 뒤셀 씨는 고리타분하고 법칙을 꼭 지켜야 한다고 고집하며 예의범절을 엄청 따져. 게다가 은신처에서 가장 말썽쟁이로 찍힌 나는 뒤셀 씨와 같은 방을 사용하고 있는 덕분에 그분의 지루한 설교는 항상 내 몫이야. 게다가 나한테 잔소리하는 것도 모자라 우리 엄마에게까지 고자질을 해. 그때마다 나는 엄마에게 똑같은 잔소리를 들어서 녹초가 되어 버리지. 더군다나 판 단 아주머니에게까지 불려 가서 이게 어떻게 된 일인지 이야기해 보라는 말을 듣게 돼.

이건 정말 심각한 일이야. 숨어 사는 생활 속에서 '예의 바르지 못한' 사람으로 취급받는다는 것 말이야. "잘 생각해 보렴"이라는 잔소리를 듣고 자기 전에 생각해 보려 하지만 잔소리를 들은 일이 한두 가지가 아니라서 머릿속이 혼란스러워져.

아무래도 너까지 혼란스럽게 만든 것 같아. 그렇다고 이미 쓴 것들 위에 줄을 그어 지워 버리는 건 싫어. 게다가 요새는 종이가 부족해서 못 쓰게 된 종이라도 버릴 수가 없어.

그럼 안녕. 안네가.

1942년 12월 7일 월요일

사랑하는 키티에게.

올해는 유대교의 하누카 축제일과 기독교의 성 니콜라우스 축제일이 하루 차이로 있었어.

하누카 축제 때엔 조용하게 보냈어. 조그만 선물을 주고받고 촛불을 켰을 뿐이야. 이제는 양초도 모자라기 때문에 성가를 부르는 10분 정도만 잠깐 켜 두었어.

토요일의 성 니콜라우스 축제일 전날은 하누카 축제 때보다 훨씬 즐거웠어. 오후 8시에 모두 계단을 내려가서 어둠 속 복도를 지나 작은 방에 들어갔어. 이 방에는 창문이 없어서 불을 켤 수 있었지. 아빠가 불을 켜면서 커다란 찬장을 열었고 모두 탄성을 내질렀어.

"정말 예쁘다!"

한쪽에 성 니콜라우스의 장식 종이로 꾸민 바구니가 있었어. 우리는 그 바구니를 들고 위층으로 올라갔어. 각자에게 어울리는 시도 쓰여 있었고 멋진 선물도 있었지. 내가 받은 건 주머니가 많이 달린 치마를 입은 인형이었어. 아빠는 책꽂이를 받았고,

유대교의 축제, 하누카

11월 말에서 12월 초에 유대인은 여드레 동안 '하누카'라는 축제를 즐겨요. 하누카는 '봉헌절'이라고도 불리는데, 이스라엘 왕국의 왕 솔로몬이 예루살렘 성전을 지어 야훼께 바친 때를 기념하는 것에서 유래되었다고 해요. 또한 하누카는 '빛의 축제'라고도 불려요. 축제가 진행되는 여드레 동안 하루에 하나씩 촛불을 늘려 가며 빛을 밝히는 풍습이 있기 때문이에요. 이 밖에도 유대인들은 종려나무 가지를 들고 행진하는 등 매우 즐겁게 하누카 축제 기간을 보내요.

그것 말고도 여러 가지가 있었어. 어쨌든 처음치고는 꽤 괜찮은 성 니콜라우스 축제일이었어.

그럼 안녕. 안네가.

1942년 12월 10일 목요일

키티에게.

판 단 아저씨는 전에 고기나 소시지 등을 다루는 일을 했었는데 그 경험을 살려 아저씨가 소시지를 만드셨어. 곧 닥쳐올 식량난에 대비해 고기를 많이 사 두었거든.

아저씨는 고기를 기계에 두어 번 갈고, 거기에 다른 재료를 넣은 다음 깨끗하게 씻은 창자에다 튜브로 고기를 채워 넣었지. 그러면 소시지가 돼. 이걸 구경하는 건 굉장히 재미있어.

이렇게 만들어 놓은 소시지는 잘 말려야 했기 때문에 천장에 막대기를 매달고 소시지를 걸어 두었어. 누구든 방 안으로 들어오면 그것을 보고 웃음을 터뜨려. 소시지가 천장에 주렁주렁 매달려 있는 모습은 정말 우스꽝스러워.

뒤셀 씨는 치과 진료를 시작했어. 첫 번째 환자는 판 단 아주머니였어. 방 가운데에 놓인 의자에 앉아 뒤셀 씨는 거드름을 피우며 진료 가방을 열고 아주머니의 입안을 들여다보았어. 아주머니의 썩은 이빨을 두 개 발견하고 살짝 건드리자 아주머니는 금방이라도 기절할 듯한 모습으로 비명을 질러 댔어. 판 단 아저씨와 내가 뒤셀 씨의 조수 노릇을 했는데 우리 둘 다 맡은 일을 훌륭히 해냈지.

그럼 안녕. 안네가.

1942년 12월 22일 화요일

사랑하는 키티에게.

지금 막 우리 은신처에 기쁜 소식이 전해졌어. 크리스마스에 한 명당 112그램씩 버터를 배급받을 수 있대. 신문에는 225그램이라고 나와 있지만, 그건 우리처럼 숨어 사는 유대인에게는 해당되지 않는 일이야. 버터를 받으면 모두 뭔가 특별한 일을 하려고 계획 중이야.

나는 평소 낮에도 시끄럽다는 잔소리를 들으며 "쉿, 쉿" 하고 주의를 받는데, 이제는 나와 같이 방을 쓰

는 신사분이 밤에도 "쉿, 쉿" 하고 주의를 줘. 그것 말고도 마음에 안 드는 점이 한두 가지가 아니지만, 그걸로 너를 지겹게 하지는 않을게. 또 아무리 이야기해도 상황이 나아질 리도 없으니까.

아, 나도 꽤 철이 든 것 같아! 어쨌든 여기에서는 말을 조심하고, 서로 돕고, 고집부리지 않고, 예의 바르게 행동하는 것 등을 배워야 하니까.

그럼 안녕. 안네가.

1943년 1월 13일 수요일

사랑하는 키티에게.

바깥세상은 여전히 무시무시한 상태야. 밤낮없이 사람들이 끌려가고 있어. 아이가 학교에서 돌아와 보면 부모님의 모습이 보이지 않거나, 어머니가 시장에 갔다 돌아와 보면 집엔 못질이 되어 있고 가족은 독일군에 끌려가 버리고 없지.

네덜란드 사람이라고 안심할 수가 없어. 젊은이들이 강제로 징용당해 독일군에게 끌려가기 때문이야. 매일 밤 몇백 대의 비행기가 네덜란드 하늘을 지나가는지 몰라. 독일의 도시는 비행기에서 떨어지는 폭탄을 맞아 땅이 온통 구멍투성이래. 소련과 아프리카에서도 한 시간마다 몇백, 몇천 명씩 사람들이 죽어 가고 있어. 전 세계가 전쟁의 한가운데에 있고, 전세가 연합군에게 점차 유리해지고 있다고 하지만 아직 끝은 보이지 않아.

그러고 보면 우리는 행복한 셈이야. 우리는 지금 처한 상황을 잊어버리고 전쟁 후의 일에 대해 서로 이야기하거나, 새 옷이나 구두를 살 생각에 설레기도 하지. 사실 전쟁 후에는 얼마 안 되는 돈이라도 모아서 살아남은 사람들을 도와주어야 할 텐데 말이야.

이 동네 아이들은 얇은 블라우스에 나막신만 신고 다녀. 아이들은 굶주림을 이기려고 시든 당근을 핥아 먹으며 구걸하며 지내고 있어. 추운 집에서 나오면 추운 길에서 헤매고, 학교에는 더 추운 교실이 기다리고 있지.

전쟁의 비참함에 대해 몇 시간이고 이야기할 수 있지만 그렇게 해 봤자 내 마음만 아플 뿐이야. 그저 전쟁이 끝나길 기다리는 수밖에 없겠지. 유대인도, 유대인이 아닌 사람들도, 전 세계도 그날을 기다리고 있어.

그럼 안녕. 안네가.

연합국과 추축국

'연합국'이란 같은 목적을 위해 연합한 나라를 의미하고, 제2차 세계 대전 당시의 연합국은 추축국에 대항하여 연합한 나라들을 말해요. '추축국'이란 1936년 무솔리니의 "유럽의 국제 관계는 로마와 베를린을 연결하는 선을 추축으로 하여 변화할 것이다"라고 한 데서 유래한 거예요. 추축국은 일본, 독일, 이탈리아가 맺은 삼국 동맹과 이들을 지지한 나라들을 지칭하는 말이에요. 연합국에는 미국, 영국, 프랑스, 중국, 소련 등이 있고, 추축국은 일본, 독일, 이탈리아 등이 있어요.

08
서로 상처 주는 사람들

1943년 1월 30일 수요일

사랑하는 키티에게.

정말이지 너무 분해서 죽겠어. 눈 딱 감고 있는 대로 발을 구르고 소리치면서 울부짖고 싶어. 나를 향해 매일같이 쏟아지는 온갖 비난과 질책이 화살처럼 내 가슴에 박혀서 너무 아파.

나는 엄마, 언니, 판 단 아저씨, 뒤셀 아저씨는 물론이고 아빠에게조차도 소리치고 싶어.

"제발 나를 가만히 내버려 두세요! 단 하루만이라도 울지 않고 잘 수 있도록 해 주세요. 모든 걸 잊고 그냥 죽게 해 달라고요!"

그렇지만 그럴 수는 없어. 내가 받은 상처를 모두에게 드러내서 동정받는 건 더욱 참을 수 없거든. 그러면 더 큰 소리로 소리 치고 싶어질 거야.

내가 입만 열만 사람들은 모두 내게 잘난 척한다고 말해. 또 말을 안 하고 입을 다물고 있으면 바보 같다고 하지. 말대답하면 건방지다고 하고, 좋은 생각이 떠올라 이야기하면 약았다고 해. 피곤해서 쉬고 있으면 게으르다고 하지. 이것 말고도 온종일 겁쟁이니 얌체니 귀여성이 없는 아이라느니 비난을 받아.

이런 말에 나는 신경 쓰지 않는 척하지만, 사실 상처를 많이 받아. 그래서 하느님께 모든 사람의 비위에 거슬리지 않는 성격으로 바꿔 달라고 기도하기도 하지만, 그건 불가능하겠지. 그리고 사실 나는 내 성격이 그리 나쁘다고 생각하지도 않거든. 내가 다른 사람들을 즐겁게 해 주려고 얼마나 노력하는데.

그렇지만 부당한 비난에는 나도 모르게 화가 나서 "뭐라고 해도 상관없어요. 제발 가만히 내버려 두세요! 내 성격은 못 고칠 테니까요" 하고 대들게 돼.

단 한 번만이라도 좋으니 할 수만 있다면 모두가 내게 하는 것처럼 모두를 비난하고 건방지게 굴어 보고 싶어.

그럼 안녕. 안네가.

노르망디 상륙 작전

제2차 세계 대전이 일어난 초반, 연합군은 서부 전선에서 독일군에 패하여 유럽 대륙에서 쫓겨났어요. 이후 연합군은 오랜 시간 준비한 끝에 독일 본토로 진격하기 위해 북프랑스 노르망디 해안에 상륙하기 위한 작전을 계획했어요. 그리고 1944년 6월 6일, 아이젠하워를 총지휘관으로 한 미국군과 영국군 등의 연합군은 독일군의 삼엄한 감시를 피해 프랑스 노르망디 해안에 대규모 부대를 상륙시키는 데 성공하였어요. 노르망디 상륙 작전의 성공은 제2차 세계 대전에서 연합군이 승리하는 결정적 역할을 했어요.

1943년 2월 27일 토요일

사랑하는 키티에게.

아빠는 연합군의 상륙 작전이 시작되길 기다리고 계셔. 처칠은 폐렴에 걸렸는데 이제 많이 회복되었다고 해. 인도의 평화주의자 간디는 오래전에 단식 투쟁에 들어갔지.

판 단 아주머니는 모든 것을 운명에 맡긴다면서 대포 소리만 들리면 제일 무서워해.

우리 모두 읽으라며 얀이 가톨릭 주교가 신자들에게 보낸 메시지 사본을 가져왔어. 거기에는 용기를 북돋워 주는 훌륭한 내용이 담겨 있었어.

"네덜란드 국민이여, 투쟁을 멈추어서는 안 됩니다. 모두 자신이 가진 무기를 들고 국가와 국민과 신앙의 자유를 위해 싸워야 합니다! 이웃을 위해 구원의 손길을 내미십시오. 아낌없이 나누십시오. 실망해서는 안 됩니다."

교회가 언제나 하는 말과 같은 내용이지. 그런데 과연 그게 구원이 될 수 있을까? 적어도 우리 유대인에게는 구원이 되지 않아.

최근 이 집에 도저히 상상조차 할 수 없는 엄청난 사건이 일어났어. 이 건물의 주인이 퀴흘레르 씨와 클레이만 씨에게 한마디도 상의하지 않고 집을 팔아 버렸대. 어느 날 아침, 느닷없이 새 주인이 건축가 한 명을 데리고 집을 보러 왔어. 마침 클레이만 씨가 자리에 있어서 은신처를 뺀 나머지 부분만 안내해 주고, 우리 방의 열쇠는 깜빡 잊었다고 변명하고 넘어갔대. 이번에는 무사히 지나갔지만, 만약 또다시 찾아온다면 정말 큰일이야. 이제 더는 안심할 수 없어.

요즘 언니와 나는 아빠가 만들어 주신 독서 카드를 쓰고 있어. 읽은 책의 제목과 저자의 이름, 날짜 등을 써넣는 카드야.

여기에서는 새 버터와 마가린이 배급될 때마다 각자 접시에 조금씩 나눠 줘. 아침 식사는 언제나 판 단 아주머니가 준비하는데 그래서인지 우리 가족 것보다 두 배는 더 많이 가져가. 이건 정말 불공평해. 우리 부모님은 말다툼하기 싫어서 내색하지 않지만 나는 꼭 이걸 말해야 한다고 생각해.

그럼 안녕. 안네가.

윈스턴 처칠

영국의 군인이자 정치가인 윈스턴 처칠은 1874년에 태어났어요. 그는 사관 학교를 졸업한 뒤 군인으로서 종군 기사를 발표해 널리 이름을 날렸어요. 1900년부터 정치를 시작한 그는 제2차 세계 대전이 벌어지던 1940년 영국의 총리가 되었어요. 그는 전쟁이라는 위기 상황에서 탁월한 리더십을 발휘하여 오늘날 영국인이 존경하는 정치인 중 한 사람이 되었어요. 또한 그는 예술적 감각도 뛰어나 『제2차 세계 대전』이라는 작품으로 노벨 문학상을 받았고, 화가로도 널리 알려져 있어요.

마하트마 간디

1869년 인도에서 태어난 간디는 인도 독립운동의 지도자이자, 인도 건국의 아버지로 불리고 있어요. 영국의 횡포에 비폭력 저항으로 맞서며 인도인을 이끌었던 그는 '위대한 영혼'이라는 뜻의 '마하트마'라는 칭호를 받았어요. 그는 영국의 인도 지배에 항거하고, 인도 국민들을 반성시키려는 뜻에서 평생 열여덟 번의 단식 투쟁을 했어요. 그중 1943년, 그의 나이 일흔세 살에 옥중에서 한 21일간의 목숨을 건 단식 투쟁은 전 세계에 알려져 영국은 많은 비난을 받기도 했어요.

1943년 3월 4일 목요일

사랑하는 키티에게.

간디는 단식 투쟁을 중지했어.

암거래 시장은 아주 활발해지고 있어. 가격은 하늘 높은 줄 모르고 끊임없이 치솟고 있지만, 그만 한 돈이 있으면 식량은 얼마든지 구할 수 있어. 사무실에 드나드는 채소 가게 아저씨는 독일군에게서 감자를 사서 자루에 넣어 와. 그리고 우리가 여기 사는 걸 알고 있어서 항상 창고 사람들이 없는 점심때 몰래 가져다줘.

그럼 안녕. 안네가.

1943년 3월 10일 수요일

키티에게.

어젯밤에는 정전이 되었고, 밤새도록 폭격● 소리가 이어졌어. 나는 아직도 총소리나 폭격 소리가 너무 무서워. 그래서 거의 매일 밤 아빠 침대로 파고들곤 해. 어린애 같은 행동이라는 건 나도 알고 있어. 하지만 폭격 소리는 내 목소리조차 들리지

●
폭격 … 비행기에서 폭탄을 떨어뜨려 적의 군대·건물·국토를 파괴하는 일.

않을 정도로 크거든.

나는 깜깜한 방 안에 촛불이라도 켜고 있으면 두려움이 좀 덜어질 것 같아서 아빠에게 부탁했어. 하지만 아빠는 촛불을 켜지 못하게 하셨어. 총소리는 계속되었지. 보다 못한 엄마가 일어나셨어. 그리고 "안네가 무서워하잖아요"라고 딱 잘라 말씀하시더니 촛불을 켜 주셨지.

어느 날 밤에 판 단 아주머니는 자다가 다락방에서 나는 소리를 듣고 도둑이 들었다고 생각했나 봐. 발소리도 크게 들려서 아주머니는 잔뜩 겁에 질려서 자는 아저씨를 깨웠지만 그 순간 소리가 사라졌대. 아주머니는 겁에 질려 말씀하셨대.

"도둑이 다락방의 소시지와 콩을 훔쳐간 게 틀림없어요. 페터는 무사할까요?"

"도둑이 페터까지 훔쳐 가지는 않았을 거야. 걱정하지 말고 좀 자자고."

하지만 아주머니는 걱정돼서 좀처럼 잠을 이룰 수가 없었대.

그리고 며칠 뒤 또다시 다락방에서 무슨 소리가 들렸는데 이번에는 판 단 아저씨네 가족 세 사람 전부가 모두 이 소리를 듣고 잠에서 깼어. 페터가 손전등을 들고 다락방으로 올라가 봤더니 뭔가 바스락거리며 도망치더래. 이게 뭐라고 생각해? 거대한 쥐 떼였지. 그 뒤로 고양이 무시는 다락방에서 재우기로 했어.

그럼 안녕. 안네가.

1943년 2월 27일 토요일

사랑하는 키티에게.

보슈에 대한 이야기, 아직 모르지? 보슈는 이 건물에 사는 고양이야. 우리가 은신처로 오기 전부터 여기 살았어. 창고와 사무실을 지키는 경비병으로 쥐가 가까이 오지 못하게 막고 있지.

빵은 더 이상 저녁 식탁에 나오지 않게 되었어. 대신 요즘 주식은 강낭콩이라 콩은 쳐다보고 싶지도 않아. 콩 소리만 들려도 지겨워.

요즘 나는 『문을 두드리는 소리』라는 책을 읽고 있어. 작가는 바우디르 바케르야. 가족의 이야기를 아주 잘 썼는데 전쟁, 작가들, 여성 해방 등에 대한 부분은 별로 재미가 없어. 내가 이 책을 올바로 읽지 않고 있는 걸까?

독일에는 공습●이 점점 더 심해지고 있대.

판 단 아저씨는 잔뜩 우울해서. 담배가 부족해서야.

이제 내게 신을 만한 신발이 한 켤레도 남지 않았어. 남은 거라곤 스키화뿐이지만 집에서 신기에는 어울리지 않아. 들풀로 엮은 샌들을 샀는데, 그마저도 일주일 만에 너덜너덜해지고 말았어.

●
공습 … 갑자기 공격하여 치다.

어쩌면 미프가 암거래 시장에서 신발을 사다 줄지도 모르겠어.

아빠의 머리카락을 자르는 건 내 담당이야. 아빠는 내 솜씨가 마음에 드셔서 전쟁이 끝나고도 이발소에는 가시지 않겠다고 하셨어. 단, 귀에 상처를 내지 않는다는 조건이 걸려 있지만.

그럼 안녕. 안네가.

1943년 3월 19일 금요일

사랑하는 키티에게.

앞으로 1,000길더짜리 지폐와 500길더짜리 지폐는 세금을 낼 때가 아니면 사용할 수 없게 된대. 암거래 상인들을 잡기 위해서라는데, 그것보다도 뒷돈을 가진 사람들이라든지, 우리처럼 숨어 사는 사람들 때문에 그런 거야. 그래서 우린 매우 곤란한 상황에 빠졌어.

뒤셀 씨는 오래된 치과용 드릴을 구해 왔어. 이제 곧 내 이를 진찰해 줄 거야. 그런데 뒤셀 씨는 우리의 규칙을 너무 자주 어기고 있어. 떠나온 애인에게 편지를 보내는 건 그렇다 치지만, 다른 사람들과도 편지를 주고받는 건 너무 위험한 일이잖아. 언니는 은신처에서 네덜란드 어를 가르치는데 뒤셀 씨의 편지에서 틀린 네덜란드 어를 고쳐 주고 있었어. 물론 뒤셀 씨가 편지를

히틀러와 『나의 투쟁』

1923년 히틀러가 뮌헨에서 일으킨 '뮌헨 반란'에서 실패한 후 감옥에 갇혀 있던 1924년에 쓰기 시작한 책이 『나의 투쟁』이에요. 여기에는 반유대주의와 게르만 민족의 우월성을 주장한 그의 철학과 사상이 고스란히 담겨 있어요. 이때 정립된 그의 사상은 후에 나치스로 이어졌으며, 제2차 세계 대전을 일으킨 근본이념으로서 나치스 연구에 없어서는 안 될 책 중 하나로 손꼽히고 있어요.

총통 ⋯ 일부 국가에서 가장 높은 정치적 지위를 가진 사람. 1934년 히틀러가 이 칭호를 썼다.

주고받는 걸 아빠가 허락하지 않아서 언니가 편지 고쳐 주는 것도 중단되었지만, 곧 편지를 다시 주고받을 것 같아.

라디오에서는 독일군 지도자가 부상병의 문병을 가서 인터뷰하는 방송이 나왔어. 내용은 이런 식인데 정말이지 소름 끼쳐.

"어디에서 부상을 당했습니까?"

"스탈린그라드 인근입니다."

"부상 정도는 얼마나 됩니까?"

"동상으로 양쪽 발을 절단했고, 왼쪽 팔의 관절은 부러졌습니다."

병사들은 마치 부상당한 게 자랑스러운 듯했어. 심하게 부상을 당하면 당할수록 명예롭다고 여기는 것 같았지. 그중 한 명은 총통●과 악수할 수 있다는 데 감격해서 - 악수할 손이 남아 있는 경우에 말이지 - 말도 제대로 잇지 못했지.

뒤셀 씨가 사용하는 향기 나는 비누를 내가 마루에 떨어뜨려서 밟아 버렸지 뭐야. 비누가 완전히 뭉개져 버려서 아빠에게 부탁해 변상해 주었어. 한 달에 하나밖에 얻을 수 없는 귀한 비누니까.

그럼 안녕. 안네가.

1943년 3월 25일 목요일

사랑하는 키티에게.

어젯밤에 우리 가족끼리 모여 이야기를 하고 있었는데 갑자기 페터가 들어와서 아빠에게 귓속말했어. "창고의 통이 뒤집어져 있다", "누군가 입구에서 바스락거리고 있다"는 둥 말을 하는 것 같았어.

그 말을 듣고 우리는 새파랗게 질렸어. 아빠는 페터와 함께 아래층으로 내려가셨고 잠시 후에 2층에서 라디오를 듣고 있던 판단 아주머니께서 올라왔어. 아빠가 어서 라디오를 끄고 조용히 위층으로 올라가라고 했지.

잠시 후 돌아온 아빠와 페터에게서 지금까지 있었던 일을 들을 수 있었어. 두 사람이 계단 아래에서 어떻게 된 일인지 살피고 있었는데 갑자기 두 번이나 큰 소리가 나더래. 당황한 아빠는 위층으로 뛰어오셨고 페터도 뒤셀 씨에게 알리고 올라왔어. 뒤셀 씨는 몹시 놀라 허둥대며 위층으로 올라오셨지.

스탈린그라드 전투 이후 러시아의 모습

그 후에 우리는 소리가 나지 않도록 신발을 벗고 양말만 신은 채 4층의 판 단 아저씨 방으로 갔어. 아저씨는 감기에 걸려서 침대에 누워 있었기 때문에 모두 침대 주변에 모여 소곤거리며 상황을 설명했어. 그러는 사이에도 아저씨가 계속 기침을 하는 바람에 들킬까 봐 가슴이 철렁했어.

우리는 조용히 귀 기울이면서 침입자가 나가길 기다리고 있었는데 그 뒤로 아무 소리도 들리지 않았기 때문에 도둑이 도망갔다고 생각했어. 하지만 이곳에 사람이 숨어 산다는 걸 들키면 우리 입장이 곤란해지기 때문에 당분간은 물을 사용하지 않고 화장실 물도 흘려보내지 않기로 했어. 하지만 모두 너무 긴장한 탓인지 다들 화장실을 들락거려야 했어. 그 지독한 냄새는 너도 상상할 수 없을 거야.

다들 잠자리에 들었지만 아무도 잠을 제대로 자지 못했어. 날이 밝자 남자들은 아래층으로 내려가서 입구의 문이 제대로 닫혀 있는지 확인했고 다행스럽게도 이상한 점은 없었대.

어젯밤의 사건을 사무실 사람들에게 자세하게 말했지만 사무실 사람들은 대수롭지 않은 일이라며 웃어넘긴 모양이야. 이런 일들도 시간이 지나고 나면 오히려 우습게 느껴질 뿐이야.

그럼 안녕. 안네가.

1943년 3월 27일 토요일

사랑하는 키티에게.

속기 강습이 모두 끝났어. 이제부터는 속도를 내는 연습을 시작할 거야.

요즘 나는 무료함을 달래기 위해 신화, 그중에서도 『그리스 로마 신화』에 흠뻑 빠져 있어. 그런데 여기 사람들은 나 같은 어린아이가 신화에 관심 있어 하는 걸 믿지 못하고 있어. 그저 한때의 관심이라고 생각하고 있지. 그렇다면 내가 최초로 아이들도 신화에 흥미를 느낄 수 있다는 걸 보여 주겠어!

판 단 아저씨는 감기에 걸린 이후로 목이 아픈 게 좀체 낫지 않나 봐. 그래서 여기저기서 들은 민간 처방을 하느라 아주 야단이야. 그러니 병이 더 심해지는 듯해.

독일의 거물인 라우터가 연설을 했어.

"모든 유대인은 7월 1일 이전에 독일 점령지에서 추방될 것이다. 우선 4월 1일부터 한 달 동안 위트레흐트 주에서 그들을 몰아낼 것이고 - 마치 유대인이 바퀴벌레라도 되는 듯한 말투였어 - 5월 1일부터 한 달 동안은 남·북네덜란드에서 모조리 쓸어 버린다."

이렇게 쫓겨난 사람들은 어디론가 보내지겠지. 하지만 이걸 생각하는 것만으로도 악몽에 시달릴 정도야.

그래도 한 가지 좋은 소식이 있어. 독일군이 설치한 시내의 직업 알선소●와 호적 등기소●에 방화 사건이 일어났대. 독일 경찰 제복으로 변장을 한 사람들이 밤중에 침입해서 경비원들에게 수건으로 재갈을 물리고 서류들을 몽땅 잿더미로 만들어 버렸다는 거야.

그럼 안녕. 안네가.

1943년 4월 1일 목요일

사랑하는 키티에게.

지금부터 내가 할 이야기는 만우절이라서 하는 거짓말이 아니야. 몇 가지 나쁜 소식이 있어.

우선 첫 번째로, 우리를 항상 도와준 클레이만 씨가 위장 출혈 때문에 적어도 3주 동안 쉬어야 한다는 거야. 두 번째로, 베프가 유행성 독감에 걸렸어. 세 번째, 포스콰일 씨가 다음 주에 위궤양으로 입원하게 되었어. 게다가 네 번째, 회사 일로 프랑크푸르트의 공장 대표단과 회의가 있다는 거야. 원래는 클레이만 씨와 아빠가 의논했던 일인데 클레이만 씨가 갑자기 앓아누운 바람에 퀴흘레르 씨가 회의에 참석하게 되었어. 아빠가 퀴흘레르 씨에게 설명해 줄 시간도 없었지. 회의가 시작되고 나서도 아빠는 안

직업 알선소 … 직장을 구하는 일을 도와주는 곳.

호적 등기소 … 사람의 신분에 대한 여러 가지 사항을 기록한 문서를 관리하는 기관.

절부절못하시며 이렇게 말씀하셨어.

"내가 회의에 참석할 수 있다면 얼마나 좋을까. 그럼 걱정 없을 텐데."

"그럼 바닥에 엎드려 귀를 대 보면 어때요? 그러면 회의하는 소리가 들릴지도 몰라요."

내가 이렇게 말하자 아빠는 얼굴이 밝아지셨지. 그래서 어제 오전 10시 30분에 아빠와 언니는 바닥에 누워 방바닥에 귀를 가져다 댔어. 회의는 오후까지 계속됐는데 아빠는 오랜 시간 동안 불편한 자세로 있었던 탓에 도저히 엿들을 수가 없었어. 그래서 내가 아빠 대신 마룻바닥에 귀를 가져다 댔지. 물론 언니도 함께 말이야. 지루한 이야기가 계속된 탓에 나는 차갑고 딱딱한 바닥에 엎드린 채로 깊이 잠들어 버렸어. 30분쯤 후에 눈을 뜨니 이미 회의 내용은 다 잊어버린 뒤였지. 다행히 언니는 전부 기억하고 있었지만 말이야.

그럼 안녕. 안네가.

1943년 4월 27일 화요일

사랑하는 키티에게.

온 집 안을 쩌렁쩌렁 울리는 싸움이 계속되고 있어. 엄마와 나, 아빠와 판 단 아저씨, 엄마와 판 단 아주머니까지 모두가 서로에게 화를 내고 있어. 정말이지 굉장해.

지난주 토요일에는 외국 공장 대표단이 또 왔어. 이번에는 오후 6시까지 버티고 가지 않아서 그동안 우리는 4층에서 숨죽이고 있어야 했어.

포스콰일 씨는 병원에 입원했어. 클레이만 씨는 생각보다 빨리 나아서 벌써 회사에 출근했지. 클레이만 씨가 호적 등기소 방화 사건을 자세히 이야기해 주었어. 소방대원들이 불을 끄려고 물을 뿌려 대서 건물 전체가 물에 잠겼대. 불과 물, 이 두 가지 때문에 피해는 더 말할 것 없이 컸겠지. 통쾌하기 그지없는 일이야!

카를톤 호텔이 산산이 부서졌어. 포탄●을 싣고 날아가던 영국 비행기 두 대가 이 호텔에 있는 독일군 장교 클럽 바로 위에서 포격●을 맞고 추락했거든. 호텔뿐만이 아니라 그 인근 거리까지 몽땅 불에 타서 허허벌판이 되었대. 독일의 공습은 날이 갈수록 심해지고 있어. 하룻밤도 조용히 넘어갈 때가 없어서 도저히 잠들 수가 없어.

식량 사정도 심각해. 아침은 말라비틀어진 빵과 커피, 저녁은 시금치나 상추뿐인 상태로 버틴 지 벌써 2주째야. 길이가 20센티미터나 되는 큰 감자가 있지만 썩은 맛이 나.

1940년, 독일군이 침입했을 때 대항해 싸웠던 사람들이나 공

●
포탄 … 대포알. 대포의
탄알.

포격 … 대포를 쏨.

102

장 등에 동원되었던 사람들은 지금 모두 소집되어서 포로로 '총통'의 군대로 일하고 있어. 아마 연합군의 상륙 작전에 대비하는 거겠지.

그럼 안녕. 안네가.

1943년 5월 1일 토요일

사랑하는 키티에게.

오늘은 뒤셀 씨의 생일이었어. 뒤셀 씨는 평소와 다를 것 없이 행동했지만 나중에 미프가 선물 꾸러미를 들고 나타나자 어린애처럼 좋아했어. 뒤셀 씨의 애인이 달걀과 버터, 비스킷, 레모네이드, 빵, 코냑, 생강 빵, 꽃, 오렌지, 초콜릿, 편지지 따위가 잔뜩 든 선물을 보내왔던 거야. 어찌나 좋아했는지 이 선물을 테이블 위에 사흘 동안이나 전시해 둘 정도였다니까.

그런데 뒤셀 씨가 전용으로 쓰고 있는 찬장에서 빵과 치즈, 잼 그리고 달걀 같은 것들을 숨겨 놓은 것을 발견했어. 우리는 그를 아무 조건 없이 받아들여 숨겨 주었는데도 음식을 숨겨놓고 혼자 배 터지게 먹고 있었다니, 그 비열함에 질려서 말도 안 나와. 우리는 뭐든 공평하게 나눠 주려고 하는데 말이야. 게다가 우리가 신세를 지고 있는 클레이만 씨가 그렇게 오렌지를 먹고 싶어 했는데도 뒤셀 씨는 절대 나눠 주지 않았어.

어젯밤 내내 시내에서 총소리가 울려 퍼졌어. 우리는 언제라도 도망갈 수 있도록 네 번이나 물건들을 정리했어. 그런데 엄마가 "도대체 어디로 도망갈 생각인데?" 하고 물었지. 하긴 우리가 갈 곳이 어디 있겠어?

지금 네덜란드 곳곳에서 노동자들의 파업이 빈번하게 일어나고 있어서 국민 전체가 그 보복을 당하고 있어. 국경 봉쇄가 선언됐고, 전 국민의 버터 배급표가 한 장씩 줄었지. 정말이지 유치하기 짝이 없어.

그럼 안녕. 안네가.

1943년 5월 2일 일요일

은신처에서의 생활을 생각할 때마다 다른 유대인들에 비하면 우리는 천국에 사는 것 같다고 여기게 돼. 나중에 전쟁이 끝나고 평화를 되찾았을 때는 지금의 생활을 돌아보면서 어떻게 그렇게 살았었는지 의아해하겠지만.

지금 우리는 식탁보가 하나뿐이어서 도저히 깨끗하다고 말할 수 없어. 가끔 행주로 닦아 보려 하지만 행주 또한 걸레처럼 더

럽고 구멍이 숭숭 나 있어. 은신처 생활을 시작할 때만 해도 새 것이었는데 말이야. 식탁도 매번 깨끗이 닦으려 하지만 어디 내놓을 정도는 아니야. 아빠는 닳아빠진 바지에 낡은 넥타이를 걸치셨어. 오늘은 엄마의 코르셋이 찢어졌는데 너무 낡아서 수선할 수도 없었어.

물론 이런 것들은 참을 수 없는 건 아니야. 하지만 이따금 이런 생활을 되돌아보면 깜짝 놀랄 만큼 소름이 끼치기도 해. 과연 언제쯤 전쟁 전처럼 살 수 있을까?

1943년 5월 18일 화요일

사랑하는 키티에게.

독일과 영국의 비행기가 무서운 공중전을 벌이는 걸 목격했어. 불행히도 연합군 비행기 두 대가 불에 타 승무원들이 낙하산으로 탈출했어.

날이 많이 따뜻해졌지만 은신처에서는 이틀에 한 번 불을 때고 있어. 음식물 쓰레기를 쓰레기통에 버리는 대신 태우기 위해서야. 이런 사소한 일을 조심하지 않으면 금세 꼬리가 잡힐 수 있거든.

대학생 중에서 올해 학위를 받고 싶은 사람, 연구를 계속하려는 사람들은 모두 독일이 하는 모든 일에 동조한다는 문서에 서명을 하도록 강요당하고 있어. 그런데 80퍼센트쯤 되는 대학생들이 양심에 어긋난다며 거부하고 독일의 강제 노동 수용소로 끌려가.

어젯밤에도 총성이 심했어.

그럼 안녕. 안네가.

1943년 6월 13일 일요일

사랑하는 키티에게.

내 생일 선물로 아빠가 써 주신 시가 너무 멋져서 그 일부분을 네게도 들려줄까 해. 아빠는 항상 독일어로 시를 쓰시기 때문에 마르고 언니가 번역해 주었어.

너는 여기선 가장 어리지만, 이제 어린애가 아니란다.

인생은 엄격해지고 주변 어른들의 잔소리가

네 귀를 따갑게 할지도 모른다.

"경험이 있는 우리에게 배우렴."

"예전에 다 해 본 일이라 우린 다 알고 있다."

"어쨌든 어른은 언제나 낫다는 걸 알아야 할 텐데……."

이런 말들은 지금까지 법칙처럼 계속 이어져 내려왔지.

자신의 결점은 작게 남의 결점은 두 배로 커 보이는 법,

남을 쉽게 비판하기도 한단다.

다른 어른들을 부모처럼 이해해 주길 간절히 빈단다.

아빠도 너를 공평하게 대하려고 하니 말이다.

결점을 고치라는 말을 들었을 때, 네 뜻과는 달라도

그냥 따라 주었으면 한단다.

그건 쓴 약을 먹는 일과 같을지도 모르지.

하지만 평화를 위해 그래야 한다는 걸 너도 알고 있겠지?

곧 이 비극도 막을 내릴 것이다.

너는 온종일 책을 읽으며 공부를 게을리하지 않지만,

지금까지 이런 독특한 생활을 하게 될 줄 상상이나 했겠니.

너는 언제나 지치지 않고 건강한 기운을 불어넣어 준단다.

네가 고민하는 건 하나뿐이지.

"뭘 입어야 하지? 옷은 전부 헤졌고 가진 옷은 전부 작아졌어.

구두도 작아져서 신으려면 발가락을 잘라 내야 할 지경이고

아아, 비참한 고통 속에서 언제쯤 벗어날 수 있을까!"

……

다른 사람들에게도 많은 선물을 받았어. 그중에는 내가 가장 좋아하는 그리스 로마의 신화를 다룬 두꺼운 책도 있었어. 모두가 각자 소중하게 간직해 놓던 것들을 내주었지. 나는 이 은신처의 막내로서 분에 넘치는 축하를 받았어.

그럼 안녕. 안네가.

1942년 6월 15일 화요일

키티에게.

너도 내 긴 수다에 질릴까 봐 걱정되니 간단히 소식만 전할게.

포스콰일 씨는 결국 수술을 받지 못했어. 이미 암이 온몸에 퍼져 있어서 수술할 수 없는 상태였대. 지금 포스콰일 씨는 자신의 가족들이 보는 앞에서 죽음을 기다리고 있어. 정말 가슴 아픈 일이야. 우리가 병문안을 가지 못하는 게 안타까워. 숨어 사는 우리를 위해서 그분이 얼마나 많이 도와주었는지 몰라.

우리의 큰 라디오를 클레이만 씨의 작은 라디오와 바꾸기로 했어. 큰 라디오는 성능이 좋긴 하지만 숨어 사는 처지에 물건 하나라도 조심하는 편이 나을 테니 말이야.

힘들 때마다 라디오로 바깥세상의 소식을 들으며 언젠가는 좋은 날이 돌아올 거라고 생각해야지.

그럼 안녕. 안네가.

1943년 7월 11일 금요일

누구보다 소중한 키티에게.

속기 연습은 당분간 쉬기로 했어. 다른
과목 공부에도 집중해야 하고, 또 눈이 더
나빠질지 모르기 때문이야. 어제는 모두 내
눈에 대해 걱정하며 시간을 보냈어. 엄마가
클레이만 씨에게 부탁해 나를 안과에 가 보
게 하면 어떨지 의견을 냈을 때 나도 모르
게 몸이 떨렸어. 은신처를 나가게 된다는
이야기잖아! 거리를 걸을 수 있다는 생각에
가슴이 두근거렸어.

일기의 문학성

'일기'란 날마다 그날그날 겪은 일이나
생각, 느낌 등을 적는 개인적인 기록물
이에요. 사람들은 일기를 쓰면서 자신
의 하루 생활을 반성하고, 다른 사람
에게 하지 못하는 말이나 생각, 감정을
적어 위안을 받아요. 이렇게 개인의 체
험을 기록하는 일기도 문학의 한 갈래
로 구분되며 '일기 문학'이라고 불러요.
일기를 통해 당대 사회 모습을 알 수
있을 뿐만 아니라 훌륭한 문장 표현
과 가치 있는 사상을 찾을 수 있기 때
문이에요. 그렇기에 『안네의 일기』는
세계 명작으로 손꼽히며 널리 사랑받
고 있어요.

하지만 쉽게 결정할 수 있는 일은 아니야. 위험이 따르는 일
이라 아무래도 어려울 듯해. 게다가 영국군이 시칠리아 섬에 상
륙했다는 소문을 들은 아빠는 머지않아 전쟁이 끝날지 모른다고
생각하게 되셨어. 그럼 전쟁이 끝나 자유를 되찾고 난 후에야 안
과 치료를 받게 될 거야.

베프가 마르고 언니와 내게 여러 가지 사무실 일을 도와 달라

고 부탁했어. 편지를 정리하거나 매출액을 적는 누구나 할 수 있는 일이지만 베프에게도 큰 도움이 되는 것 같아서 왠지 우쭐한 기분이 들어.

미프는 늘 바쁘게 여기저기 뛰어다니면서 우리의 심부름을 해줘. 토요일에는 도서관에서 책을 빌려다 주기 때문에 우리는 선물을 받는 어린아이들처럼 토요일을 손꼽아 기다려. 바깥사람들은 우리에게 책이 얼마나 소중한지 모르겠지만 독서와 공부, 라디오는 우리에게 허용된 유일한 오락이야.

그럼 안녕. 안네가.

1943년 7월 16일 금요일

키티에게.

또다시 도둑 소동이 일어났어. 게다가 이번엔 진짜야.

오늘 오전 7시에 페터가 여느 때처럼 창고에 내려갔는데 창고 문과 밖으로 난 문이 조금씩 열려 있는 게 눈에 띄었대. 그걸 보고 페터는 아빠에게 이 이야기를 전했고 아빠는 얼른 문에 자물쇠를 걸고 모두 위층으로 올라왔다는 거야.

어젯밤엔 다들 깊이 잠든 덕에 아무 소리도 듣지 못해서 두려움에 떨지는 않았어. 그것이 오히려 다행이었지.

오늘 오전 11시쯤 올라온 클레이만 씨에게 도둑 사건에 대해 들을 수 있었어. 도둑은 쇠꼬챙이로 입구의 문을 억지로 열고 창고 문을 부수어서 들어왔대. 그런데 창고에 값나가는 물건이 없으니까 2층 사무실을 난장판으로 만들어 놓고는 금고 두 개를 훔쳐 갔다는 거야. 그 안에는 현금과 수표가 약간 들어 있었지만, 무엇보다 아까운 건 150킬로그램의 설탕을 받을 수 있는 배급표가 들어 있었는데 그걸 몽땅 잃어버린 거야. 곧장 신고를 했으니 설탕 배급표를 다시 받을 수 있을지 모르겠지만, 아무래도 쉽진 않겠지.

도둑 사건으로 모두 조금 긴장하긴 했지만, 사실 은신처는 이런 일과 인연을 끊을 수 없는 곳이지. 타자기 몇 대와 현금을 3층 우리 집 옷장에 넣어 둔 게 천만다행이었어. 이게 무사해서 당연히 모두 기뻐했지.

그럼 안녕. 안네가.

추신. 연합군이 시칠리아 섬에 상륙. 또 전쟁의 끝에 한 걸음 다가섰어.

1943년 7월 19일 월요일

사랑하는 키티에게.

어제 암스테르담 북쪽이 심한 공습을 받았어. 피해가 매우 심각한 것 같아. 도시 전체가 폐허가 되었고, 생매장된 사람들을 파내는 데에도 여러 날이 걸릴 거래. 사람들이 200명 넘게 죽고, 부상자도 셀 수 없어서 병원이 만원이래.

잃어버린 부모를 찾다 불탄 폐허에서 길을 잃고 그대로 행방불명이 되는 아이들도 있대. 거리를 떠돌고 있을 아이들, 폭격 때의 폭음을 생각하면 지금도 소름이 끼쳐. 그건 우리에게 파멸이 다가오고 있다는 걸 의미하는 것 같아서 말이야.

그럼 안녕. 안네가.

1943년 7월 23일 금요일

아직은 베프를 통해서 공책을 얻을 수 있어. '배급표 불필요'라고 써진 꼬리표가 붙어 있고, 질은 상당히 안 좋은 데다 회색 종이가 거우 열두 장밖에 묶여 있지 않지만 말이야.

키티, 넌 전쟁이 일어난 곳에서 살아 본 적이 없고, 내가 이렇게 알려 준다고 해도 은신처 생활은 거의 모를 거야. 그러니 농담 겸 기분 전환 겸 이곳 사람들이 전쟁이 끝나고 다시 밖에서 살게 되면 제일 먼저 무슨 일을 하고 싶어 하는지 소개해 볼까 해.

마르고 언니와 판 단 아저씨는 목욕탕에 뜨거운 물을 넘칠 정도로 가득 받아서 30분쯤 몸을 담그겠대. 판 단 아주머니는 크림 케이크가 먹고 싶다고 해. 뒤셀 씨는 헤어진 애인, 로체를 만날 생각뿐이야. 엄마는 맛있는 커피를 마시겠다고 하고, 아빠는 포스콰일 씨에게 문병을 가고 싶어 하시지. 페터는 마음껏 거리를 걷고 영화를 보러 가겠다고 해.

나는…… 그날이 오면 기쁜 나머지 무엇부터 해야 할지 모를 거야. 그래도 제일 큰 희망은 우리만의 집을 갖고 자유롭게 행동하는 것. 그리고 다시 학교에 돌아가고 싶다는 거야.

베프가 과일을 좀 구해다 주겠다고 했어. 값은 만만치 않아서 가격표는 있으나마나고, 부르는 게 값이래. 신문을 보면 매일 커다랗게 '공평한 배급 제도와 물가 인하를!'이라고 써져 있어.

그럼 안녕. 안네가.

1943년 7월 26일 월요일

누구보다 소중한 키티에게.

어제는 온종일 혼란 속에서 지냈어. 아직도 모두 흥분이 가라앉지 않았지. 정말 하루도 조용할 날이 없어.

아침을 먹고 있을 때 첫 번째 사이렌이 울렸어. 그때는 폭격기가 해안선을 통과한 것이라서 모두 그다지 신경 쓰지 않았지. 나는 머리가 너무 아파서 식사 후에 한 시간쯤 누워 있다가 사무실로 내려갔어. 그때가 오후 2시쯤이었는데 두 번째 사이렌이 울렸어. 언니와 나는 3층으로 돌아갔지. 그리고 5분도 채 지나지 않아 건물 전체가 흔들릴 정도로 심한 폭격이 시작되었어.

나는 피난용 가방을 꼭 끌어안고 있었는데, 피난을 가려던 게 아니라 뭔가에 의지하고 싶었던 거야. 피난을 간다고 해도 어디로 갈 수 있겠어.

폭격은 30분쯤 만에 끝났지만, 우리는 꼼짝할 수조차 없었어. 판 단 아저씨는 다락방에서 바깥을 살펴보고, 판 단 아주머니는 사장실에, 뒤셀 씨는 주 사무실에 틀어박혀 있었지. 좁은 층계참에 모여 있던 우리 식구들은 한참 만에야 일어섰어.

판 단 아저씨가 항구 쪽에서 연기가 피어오른다고 이야기해서 구경을 갔더니, 불타는 냄새가 풍겨 오고 안개가 낀 듯 연기가 자욱했어. 화재가 난 것은 무서웠지만, 일단 공습은 지나간 것 같아

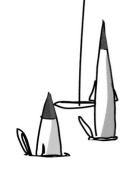

거우 정신을 차릴 수 있었어.

저녁 식사를 하고 있는데 사이렌 소리
가 다시 울려 입맛이 싹 달아나 버렸어. 다
행히 공습은 없었고, 40분쯤 후에는 경보
가 해제되었지. 그렇지만 사이렌 소리와
폭격기 소리가 울려 퍼지는 것은 끔찍했
어. 모두 '이런 소동이 하루에 두 번이나 일
어나다니……. 정말 지긋지긋해'라고 생각
했지만 어쩔 수 없었어.

그 후에도 공습은 또 있었는데, 영국군
의 발표에 의하면 이번에는 시가지 반대쪽
인 스키폴 공항에 폭탄이 떨어졌대. 폭격

무솔리니

기 날아다니는 소리와 폭음 때문에 너무 무서웠어. 금방이라도
이곳에 폭탄이 떨어질 것 같았거든. 9시쯤 침대에 들어갈 때까지
도 벌벌 떨었어. 그리고 12시에 비행기가 나타나 다시 잠에서 깼
지. 첫 폭격 소리와 함께 침대에서 뛰어내려 옆방으로 달려가 아
빠와 함께 있었어. 그리고 2시 반쯤 내 침대로 돌아와 잠을 잤어.

7시, 아침에 깜짝 놀라 일어나니 판 단 아저씨와 아빠가 함께
계셨어. 이번에는 좋은 소식이었어. 무솔리니가 물러나고 이탈
리아 국왕이 정권을 되찾았다는 거야. 전쟁이 시작된 후 이렇게

무솔리니와 파시스트당

'파시스트당'은 베니토 무솔리니가 이 끈 이탈리아의 파시즘 정당이에요. '파시즘'은 독일의 나치스, 일본의 군국주의와 유사한 사상으로, 다른 나라와 민족을 거부하고 오직 자신들의 인종과 나라만이 최고라 여겼어요. 또한 한 명의 독재자가 모든 권력을 쥐고, 다른 이들에게는 독재자에 대한 무조건적인 복종을 강요했어요. 오늘날에는 독재적이고 비민주적인 정권이나 정치 운동 혹은 이념까지도 파시즘에 포함하고 있어요.

좋은 소식은 들은 적이 없었지. 모두 뛸 듯이 기뻐 어쩔 줄 몰랐어. 어제는 무서워 어쩔 줄 몰랐지만, 이제 겨우 조금은 좋은 일이 그리고 희망이 다가온 거야.

퀴흘레르 씨가 와서 독일의 전투기가 폭파되었다는 소식을 들려주었어. 그사이 다시 사이렌은 울렸고, 폭격기가 머리 위를 지나갔어. 이제 사이렌 소리는 지긋지긋해. 너무 불안하고 초조해서 공부할 생각도 들지 않아. 하지만 이탈리아의 상황은 우리에게 희망을 주고 있어. 어쩌면 올해 안에라도…….

그럼 안녕. 안네가.

1943년 8월 3일 화요일

사랑하는 키티에게.

이탈리아에서는 파시스트당의 활동이 금지되고 국민은 곳곳에서 파시스트와 싸우고 있어. 이 싸움에는 군대까지 참가했다고 해. 이런 상황에서 이탈리아가 영국과 전쟁을 하기는 어렵겠지.

그런데 지난주에 퀴홀레르 씨가 우리 라디오를 가지고 가 버렸어. 뒤셀 씨는 하필 그 소식이 나온 날 라디오를 가져갔다고 불평이 이만저만이 아니야. 뒤셀 씨에 대한 내 평가는 날이 갈수록 안 좋아지고 있어. 정치는 물론이고 역사, 지리, 그 외의 문제에서도 뒤셀 씨가 말하는 건 너무 바보 같아서 더 말하는 것조차 부끄러울 정도야.

지금 막 세 번째 공습이 있었어. 나는 이를 악물고 용기를 가지려고 해. 그런데 평소에 입버릇처럼 "아무리 참혹한 종말도 종말이 오지 않는 것보다는 나아"라고 하던 판 단 아주머니는 지금 누구보다 와들와들 떨고 있어.

고양이를 기르는 데는 장점도 있지만, 또 다른 문제도 있다는 걸 무시가 가르쳐 주었어. 온 집 안에 벼룩이 날뛰게 된 거야. 클레이만 씨가 벼룩 죽이는 황색 가루약을 방 안 곳곳에 뿌려 주긴 했는데 벼룩은 좀체 줄어들 기미가 보이지 않아서 모두 신경질적으로 몸을 벅벅 긁고 있어.

그럼 안녕. 안네가.

09

은신처의 하루

1943년 8월 4일 수요일

사랑하는 키티에게.

은신처에서 생활한 지도 벌써 1년이 넘었어. 키티 너도 이제 어느 정도 우리의 생활을 이해할 수 있겠지만, 정말이지 보통 사람들 생활과는 다른 점이 많아. 그래서 네게 틈틈이 우리 생활을 좀 더 자세히 알려 줄게.

먼저 오늘은 밤마다 일어나는 일에 대해 말할게.

오후 9시가 되면 은신처에서는 잠잘 준비를 시작하는데, 이건 여간 손이 많이 가는 일이 아니야. 의자를 정리하고, 접어서 벽에 세워 놓았던 침대를 끌어내려서 그 위에 담요를 펼쳐. 그럼 방

안은 낮과는 전혀 다른 모습이 돼. 나는 소파에서 자는데, 소파의 길이는 1미터가 조금 넘는 정도밖에 되지 않아서 의자를 이어 붙여야 해. 또 낮에 뒤셀 씨의 침대에 놓아두었던 이불, 베개, 담요 등을 가져와 잠자리를 만들어.

옆방에서는 삐걱거리며 요란한 소리가 나. 언니가 접혀 있던 침대를 펼치는 소리야. 머리 위에서는 천둥이 치는 것처럼 굉장한 소리를 내며 판 단 아저씨네가 침대를 창가로 옮겨.

9시가 조금 지나면 나는 페터 다음으로 세면실에 들어가서 세수를 해. 우리는 각자 정해진 시간에 세면실을 사용하거든.

10시가 되면 검은 마분지로 창을 가리고 잠자리에 들어. 그리고 적어도 15분 동안은 침대가 삐걱거리는 소리가 들리고 난 다음에야 겨우 조용해져.

11시 반, 뒤셀 씨와 퀴흘레르 씨가 방에서 밤늦게까지 일을 하다 돌아와서 잠자리를 준비하는 소리가 들려.

잠들지 못하는 건 괴로운 일이야. 특히 뒤셀 씨 때문에 더 괴로워. 뒤셀 씨는 입맛을 다시다가 몸을 뒤척이고, 입을 삐끔거리는 걸 세 번쯤 반복하고 나서야 잠이 들거든. 가끔은 폭격이 시작되기도 해. 그러면 나는 베개를 끌어안고 아빠가 계신 곳으로 달려가서 아빠의 침대에 파고들어. 그러면 두려움은 어느 정도 사라져.

오전 6시 45분에 자명종 시계가 울리면 판 단 아주머니가 일어나서. 그리고 여기저기서 삐걱거리는 소리를 내며 차례차례 세면실로 달려가. 이렇게 은신처의 새로운 하루가 또 시작돼.

1943년 8월 5일 목요일

사랑하는 키티에게.

오늘은 점심때의 이야기를 할게.

12시 반쯤 되면 은신처 사람들은 모두 조금이나마 숨통이 트여. 창고에서 일하는 판 마런과 코크 씨가 점심을 먹으러 가기 때문이야. 그러면 판 단 아주머니는 바로 청소를 시작해. 언니는 책 몇 권을 끼고 뒤셀 씨에게 네덜란드 어를 가르쳐 주러 가고, 아빠는 디킨스의 책을 읽으러 조용한 곳을 찾아 나서서. 엄마는 부지런한 판 단 아주머니를 도우러 4층으로 올라가시지. 나는 세면실에 가고.

12시 45분이 되면 은신처는 히스 씨, 클레이만 씨나 퀴흘레르 씨, 베프, 미프 같은 손님들로 떠들썩해져.

1시가 되면 모두 작은 라디오 곁으로 모여들어. 은신처 사람들이 입을 열지 않는 건 이때뿐이야. 영국의 BBC 방송에 귀를 기울이거든.

1시 15분이 좀 지나면 점심 식사가 시작돼. 아래층 사람들 모두에게 수프를 돌리고 클레이만 씨는 바깥세상 소식을 들려주며 우리의 둘도 없는 소중한 정보원 노릇을 해.

1시 45분, 식사는 이쯤 끝나고 모두 식탁에서 일어나 각자 일을 시작해. 언니와 엄마는 설거지를 하고, 판 단 아저씨네 가족은 소파로, 페터는 다락방으로, 아빠는 3층의 소파로, 뒤셀 씨는 자신의 침대로 가. 나도 공부를 하러 가고. 그리고 얼마 동안은 하루 중에서 가장 조용한 시간이 시작돼. 다들 잠을 자거든.

시간은 순식간에 흐르고, 4시가 되자마자 뒤셀 씨는 내 옆으로 와서 우뚝 서 있어. 내가 공부하는 탁자를 내줘야 할 시간이거든.

그럼 안녕. 안네가.

1943년 8월 9일 월요일

사랑하는 키티에게.

은신처의 하루에 대해 계속 이야기할게. 이제 저녁 식사에 대해 설명할 거야.

판 단 아저씨부터 시작해 볼게. 아저씨가 가장 먼저 음식을 덜어 가는데, 자기가 좋아하는 것이면 뭐든지 산더미처럼 가져가. 대개 그러면서 자기 의견만 들을 가치가 있다는 듯이 이야기를 시작해. 그리고 일단 입 밖에 낸 말은 거둬들이지 않아. 누군가 그의 의견에 감히 의문을 제기하면 금방 화를 내. 꼭 성난 고양이처럼 으르렁거려서 따지려 들지 않는 게 나아.

아주머니에 대해서는 정말이지 잠자코 있어야 해. 아주머니가 은신처에서 일어나는 모든 논쟁의 장본인이야. 분란을 일으키는 게 재미있는지 엄마와 나를 싸우게 해. 하지만 언니와 아빠를 싸우게 하기는 그리 쉽지 않아.

식탁으로 돌아가서, 판 단 아주머니는 남을 잘 배려한다고 생각하는 것 같아. 하지만 실제로는 전혀 그렇지 않아. 언제나 음식 중 가장 맛있어 보이는 것, 가장 좋은 것을 골라내는 게 바로 아주머니야. 자기가 가장 좋은 것을 골라야 다음 사람 차례가 되는 거지. 그다음은 수다야. 다른 사람들이 관심을 갖든 말든, 누가 듣고 있든 말든 상관없어.

식탁의 세 번째 친구, 젊은 판 단 씨. 페터는 과묵한 편이어서 다른 사람의 주의를 끌지 않아. 식욕이 왕성해서 밑 빠진 독에 물 붓는 것 같아. 배부르게 먹고 난 뒤에도 태연하게 1인분은 더 먹을 수 있었다고 말한다니까.

네 번째는 마르고 언니야. 생쥐처럼 적게 먹고, 절대로 말을 하지 않아. 삼키는 것이라곤 채소와 과일뿐이야.

언니 옆에는 엄마야. 식욕이 왕성하고, 굉장히 말이 많아. 판 단 아주머니처럼 전형적인 가정주부의 모습은 아니야. 판 단 아주머니는 요리를 하지만, 엄마는 설거지와 청소만 하거든.

여섯 번째와 일곱 번째 사람. 나와 아빠에 대해서는 별로 할 이야기가 없어. 아빠는 이곳의 누구보다도 겸손하셔서 모두에게 음식이 나누어졌는지를 제일 먼저 확인하시고, 제일 좋은 것은 아이들에게 주셔. 아빠는 정말 본받을 만한 분이야.

아빠 옆에 앉아 있는 사람은 은신처의 '신경 과민성 남자'야. 바로 뒤셀 박사님이지. 음식을 덜고 나서 절대로 고개를 들지 않고 식사만 하셔. 말도 꺼내지 않는데, 만약 말을 해야 한다면 음식 이야기여야만 해. 또 뒤셀 씨는 엄청난 양의 음식을 먹어서 "그만 먹겠습니다" 하는 말은 들어 본 적이 없어.

아홉 번째 사람은 은신처의 사람은 아니지만, 가족이나 마찬가지인 베프야. 베프는 식성이 좋아서 좀처럼 음식을 남기는 법이 없고 까다롭지도 않아. 뭘 먹든 즐거워하는 그녀를 보면 우리도 기분이 좋아져. 또 베프는 쾌활하면서 마음씨가 곱고, 무슨 일이든 자진해서 하는 장점이 있어.

그럼 안녕. 안네가.

1943년 8월 10일 화요일

사랑하는 키티에게.

좋은 생각이 떠올랐어. 식사 시간에 다른 사람들과 이야기하지 않고 마음속으로 나하고만 이야기하기로 한 거야. 다들 내가 쉴 새 없이 이야기하는 걸 그만두면 좋아할 테니까.

지난 일주일 동안 다들 시간을 몰라서 우왕좌왕하고 있어. 서쪽 교회 시계탑의 종이 더 이상 울리지 않거든.

요즘 모두 내 신발에 감탄하고 있어. 미프가 중고 신발을 사다 주었는데, 굽이 아주 높기 때문이야.

도대체 이번이 몇 번째일까? 뒤셀 씨 때문에 우리는 또 위험에 빠질 뻔했어. 세상에, 뒤셀 씨가 미프에게 무솔리니를 비난한 내용이 담겨서 판매가 금지된 책을 부탁했다는 거야. 그런데 하필 미프가 자전거를 타고 그 책을 가져오는 도중에 나치스 친위대의 자동차와 부딪칠 뻔했대. 깜짝 놀란 미프는 "운전 똑바로 못해, 이 머저리야!" 하고 무심결에 소리쳤다는 거야. 그리고 냅다 자전거를 타고 달려왔지만, 만약 나치스 친위대에 끌려가기라도 했으면 어쩔 뻔했어.

그럼 안녕. 안네가.

1943년 8월 23일 월요일

사랑하는 키티에게.

오전 8시 반이 가까워지면 언니와 엄마는 불안해서 어쩔 줄을 몰라.

"쉿! 아빠, 조용히 하세요. 쉿……, 쉿! 8시 반이에요. 이제 물을 써서는 안 돼요."

세면실의 아빠에게 하는 말이야. 우리는 모두 8시 반 이후에는 물은 한 방울도 쓰면 안 되고, 돌아다녀서도 안 돼. 아래층 사무실 사람들이 모두 출근하기 전까지는 아주 작은 소리도 창고에 있는 사람들에게 들리기 때문이야.

8시 20분이 지나면 나는 4층에서 오트밀을 받은 후 머리를 빗고, 침대를 정리하고 하루를 시작할 준비를 빠르게 해치워. 4층에서도 판 단 아주머니가 구두를 벗고 슬리퍼를 신는 소리가 나. 그러고 나면 우리의 은신처는 고요해져.

이 시간이면 나도 독서와 공부를 할 마음이 생겨. 아빠와 언니, 엄마도 마찬가지야. 아빠는 디킨스의 책과 사전을 챙겨다 침대에 걸터앉아 얼굴도 들지 않고 독서에 빠지시지. 엄마는 책을 읽기도 하고, 바느질이나 뜨개질 등 그때그때 기분이 내키는 대로 뭐든 하셔. 그렇게 잠시 은신처에 평화가 찾아와.

9시! 아침 식사 시간이야.

끝없는 은신처 소동

1943년 9월 10일 금요일

사랑하는 키티에게.

네게 이렇게 소식을 전할 때마다 뭔가 새로운 일이 일어나는 것처럼 보이지만, 사실 기쁜 일보다는 속상한 일이 더 많아. 하지만 오늘은 달라! 정말이지 멋진 일이 일어날 듯해.

엊그제, 9월 8일 수요일 저녁에 7시 뉴스를 들으려고 모두 라디오 곁에 모였을 때였어. 제일 먼저 들은 소식은 이런 내용이었지.

"전쟁이 시작된 이후 가장 기쁜 뉴스입니다. 이탈리아가 항복했습니다."

이탈리아가 무조건 항복을 한 거야.

영국군은 나폴리에 상륙했어. 이탈리아 북쪽은 이전에 독일 군이 점령하고 있었지. 그런데 9월 3일 휴전하기로 약속하고 협 정서에 서명을 끝낸 그날 마침, 영국군이 이탈리아에 상륙했던 거야. 이탈리아의 바돌리오 수상과 국왕이 독일에 등을 돌렸다 며 어느 신문에서건 독일은 이탈리아를 비난하고 있어.

그렇지만 우리에게 걱정거리가 없는 건 아냐. 우리를 위해 발 벗고 나서 주는 클레이만 씨에 대한 거야. 클레이만 씨의 건강이 너무 나빠져 수술을 받으셔야 한대. 그러려면 입원하셔야 하니 앞으로 한 달 동안은 클레이만 씨를 볼 수 없을 거야.

그럼 안녕. 안네가.

1943년 9월 16일 목요일

사랑하는 키티에게.

은신처 사람들 사이가 점점 나빠지고 있어. 심지어 식사 중에 도 서로 이야기를 나누지 않아. 입을 열었다가는 괜한 오해를 받 을 수 있다고 생각하는 거야.

요즘은 포스콰일 씨가 종종 찾아와. 포스콰일 씨를 볼 때마다 그가 하루하루를 '이렇게 사는 것도 얼마 남지 않았겠지' 하는 생 각으로 지낼 걸 생각하면 정말 가슴이 아파.

우리도 공포와 우울함 때문에 매일 웃음을 잃은 채 지내고 있어. 창고에서 일하는 판 마런 때문이야. 그가 점차 은신처에 대해 의심스러워하기 시작했거든. 사실 말이야 바른 말이지, 베프나 클레이만 씨가 자꾸 위층을 들락거리는데 이상하지 않을 리 없잖아. 그리고 퀴흘레르 씨가 이 건물 뒤쪽 부분이 원래는 옆 건물에 딸린 거라고 주장하는 것도 이상했을 거야. 게다가 판 마런이라는 사람은 원래 꼬치꼬치 캐묻기 좋아해서 따돌리기 쉬운 사람이 아니래.

그럼 안녕. 안네가.

1943년 9월 29일 수요일

사랑하는 키티에게.

오늘은 판 단 아주머니의 생일이야. 우리 가족은 병에 담은 잼과 치즈, 빵 배급표를 선물했고, 뒤셀 씨와 판 단 아저씨, 사무실 사람들은 음식과 꽃을 선물했어. 상황이 상황인지라 우리는 생일에도 이런 선물을 하고 있어.

지난 토요일에는 은신처 사람들 사이에서 소동이 벌어졌어. 이제까지 일어난 그 어떤 소동보다 더 크고 굉장했지. 판 마런 때문에 한바탕 입씨름이 벌어졌는데, 마지막에는 서로가 훌쩍거리며 울기까지 했어. 뒤셀 씨는 자신이 이곳에서 가장 하찮은 취급을 받고 있다는 둥, 잘못한 일도 없는데 모두가 자기를 싫어한다는 둥 엄마를 붙잡고 울먹이며 불평을 늘어놓았지. 그런데 엄마는 쌀쌀맞게 나무라고 말았어.

"잘못한 일이 하나도 없다니요? 당신 때문에 모두 불평하는 걸 들은 게 한두 번이 아니에요."

판 단 아저씨도 좀 이상한 것 같아. 아빠도 잔뜩 화가 나셨어. 판 단 아저씨가 우리 가족을 속이고 고기나 그 밖의 물품들을 숨기고 있기 때문이야.

다음번에는 또 어떤 소동이 벌어질까. 이런 소동은 이제 진절머리가 나. 아, 어디론가 멀리 가 버릴 수 있다면 얼마나 좋을까?

그럼 안녕. 안네가.

1943년 10월 17일 일요일

사랑하는 키티에게.

클레이만 씨가 돌아왔어. 그리고 아직 몸이 다 나은 것도 아닌데 판 단 아저씨의 부탁을 받고 옷을 팔러 나갔어. 무척 고마운 일이야.

판 단 아저씨네의 돈이 떨어졌어. 게다가 창고에서 100길더를

잃어버렸대. 그 말을 들으니 우리마저 눈앞이 캄캄해지는 것 같았어. 대체 어떻게 100길더나 되는 돈을 잃어버릴 수 있을까?

판 단 아저씨네 돈이 바닥났는데 판 단 아주머니는 자신의 코트며 구두를 내놓을 생각을 하지 않고 있어. 그렇지만 판 단 아저씨가 내놓은 양복이 잘 팔리지 않아서 결국은 판 단 아주머니가 모피 코트를 내놓아야 할 것 같아.

지난 한 달 동안 은신처에서 불평과 부부 싸움이 지겹도록 계속됐어. 아빠는 싸움에 말려드는 데 진저리를 치시고, 엄마는 흥분해서 얼굴이 벌게지셨어. 언니는 골치가 아프다고 하고, 뒤셀 씨는 잠을 못 자고, 판 단 아주머니는 온종일 투덜대고 계셔.

나도 점점 머리가 이상해질 것 같아. 이제 누가 누구와 싸웠는지, 화해했는지 잊어버릴 지경이야. 그래서 더 이상 싸움은 신경 쓰지 않고 공부에만 몰두하고 있어.

그럼 안녕. 안네가.

1943년 10월 29일 금요일

누구보다 사랑하는 키티에게.

클레이만 씨의 병이 또 심해졌어. 몸이 정말 안 좋아지신 것 같아.

판 단 아저씨네는 또 부부 싸움을 했어. 바닥난 생활비 때문이야. 판 단 아저씨네가 팔기로 한 겨울 코트와 양복을 사겠다는 사람이 없었어. 너무 비싸게 팔려고 했거든. 그런데 클레이만 씨가 노력한 덕분에 모피상에게 판 단 아주머니의 모피 코트를 꽤 비싼 값에 팔았어. 하지만 판 단 아주머니는 전쟁이 끝나면 새 옷을 사겠다면서 그 돈을 못 쓰겠다고 했고, 판 단 아저씨는 당장 생활비가 필요하다며 애걸복걸했지. 그러다 결국 소리 지르고, 욕을 퍼부어 대며 싸우는 통에 우리 가족은 혹시 몰라서 층계참에 모여 숨을 죽이고 기다렸어.

어쨌든 소동은 지나갔고, 저녁나절이 되자 나는 얼마나 긴장했던지 침대에 쓰러져 울고 말았어. 요즘 기분이 우울해져서 식욕이 없어. 모두 내가 기운이 없어 보인다며 걱정할 정도야.

집 안의 공기가 답답하고 무겁게 느껴질 때면 나는 날개를 잘려 날 수 없는 작은 새가 되어 어둠 속에 갇혀 있는 듯한 기분이 들어. 예전 같으면 웃으려고 애썼을 텐데, 이제는 그저 소파에 누워 잠을 자 버려. 잠을 자는 동안 시간이 빨리 흘러 버리기를, 그래서 공포를 잊을 수 있기를 바라는 거야.

그럼 안녕. 안네가.

1943년 11월 3일 수요일

사랑하는 키티에게.

아빠는 언니와 나를 위해 사범학교의 초급 라틴어 강의를 신청하셨어. 비싸긴 하지만, 아빠는 우리에게 뭔가 새로운 것을 시작하게 해서 기분 전환을 시켜 주려고 하신 거야. 언니는 교재가 도착하자마자 열심히 공부하기 시작했어. 하지만 내 수준으로는 어려울 것 같아.

대신 아빠는 나를 위해 아이들을 위한 성경을 구해다 주셨어. 나도 이제 성경에 대해 조금 알게 되겠지.

지금 말다툼 소동은 진정되었어. 아직 말다툼할 기운이 남은 사람은 뒤셀 씨뿐이야. 뒤셀 씨가 판 단 아주머니에 대해 말할 때는 '그 얼간이' 같은 독한 말이 빠지지 않고, 그러면 아주머니는 그보다 더 심한 말을 내뱉어. 내가 보기엔 두 사람 모두 자기 자신의 결점은 모르고 남의 흉만 보는 사람들인 것 같아.

그럼 안녕. 안네가.

1943년 11월 8일 월요일

사랑하는 키티에게.

넌 틀림없이 내가 네게 글을 쓸 때의 기분이 각양각색이란 느낌이 들 거야. 내가 은신처의 분위기에 너무 쉽게 영향을 받는다는 점이 짜증 나기도 해. 하지만 나만 그런 건 아니야. 여기 있는 모두가 마찬가지지. 너도 이미 눈치챘겠지만, 지금 나는 약간 우울한 시기에 접어들었어.

오늘 저녁 베프가 아직 떠나지 않았을 때, 현관에서 크고 날카로운 초인종 소리가 길게 울렸어. 나는 너무 무서워서 금세 얼굴이 하얗게 질리고, 배가 아프더니 가슴이 두근거렸어.

밤이 되어 잠자리에 들면, 나는 엄마와 아빠도 없이 지하 감옥 속에 홀로 있는 것 같아. 어떤 때는 내가 길에서 헤매기도 하고, 우리의 은신처가 불에 타기도 하고, 밤에 군인들이 쳐들어와서 우리를 잡아가는 상상을 하기도 해. 그런 상상은 정말 눈앞에서 일어나고 있는 것처럼 생생해서 이 모든 일이 내게 곧 닥칠 것만 같아!

나는 전쟁이 끝난 후 우리가 다시 평범한 생활을 할 수 있으리라고는 도저히 상상할 수 없어. 절대 일어나지 않을 터무니없는 일이라는 생각뿐이야. 우리의 옛날 집과 내 여자 친구들, 학교에서 재미있었던 일들을 돌이켜보면, 내가 아닌 다른 사람의 삶이었던 것 같아.

은신처에 사는 우리가 육중하고 검은 먹구름에 둘러싸인 아주 작은 한 조각 파란 하늘처럼 보여. 우리가 서 있는 작은 공간은 아직 안전하지만, 구름이 우리 주위로 빽빽이 모여들고, 다가오는 위험으로부터 우리를 보호해 주는 공간은 자꾸만 좁아지고 있어. 이제 우리는 위험과 암흑에 둘러싸여 도망갈 길을 필사적으로 찾고 있는 거야. 나는 그저 울면서 애원할 뿐이야.

"아, 먹구름이 물러나고 우리에게 길을 열어 줄 수만 있다면!"

그럼 안녕. 안네가.

1943년 11월 17일 수요일

사랑하는 키티에게.

가슴이 덜컥하는 곤란한 일 몇 가지 생겼어. 베프네 집에 전염병이 번져 앞으로 6주 동안은 우리를 찾아오지 못하게 됐어. 식료품이나 필요한 물건을 얻기도 어려워졌어. 클레이만 씨는 여전히 병이 낫지 않아서 3주째 죽과 우유만 먹고 있대. 이제 퀴흘레르 씨 혼자서 이리 뛰고 저리 뛰며 우리를 위해 애쓰고 있어.

언니는 베프의 이름을 빌려 라틴어 강의를 듣고 있어. 얼마 전에는 언니가 보낸 과제물의 성적이 나왔어. 선생님은 훌륭한 분

이신 것 같고, 선생님도 언니처럼 우수한 제자를 두
게 되어 만족스러우실 거야.

뒤셀 씨는 잔뜩 화가 난 것 같은데, 아무도 그 이
유를 몰라. 4층에서는 입을 전혀 열지 않아. 아무튼
어제는 뒤셀 씨가 은신처에 들어온 지 딱 1년 되는 날이
었어. 뒤셀 씨는 엄마에게 화분을 하나 선물했지만, 판 단
아주머니에게는 아무것도 선물하지 않았어.

어제 아침 같은 날은 뒤셀 씨가 자신을 받아들여 준 우리
에게 고맙다는 인사 정도는 해도 좋을 거라고 생각했어. 하
지만 뒤셀 씨는 아무 말도 하지 않았어. 판 단 아주머니도 그간
뒤셀 씨를 많이 도와주었으니 이번 기회에 뒤셀 씨가 먼저 인사
하고 서로 화해하는 것도 좋았을 텐데.

그럼 안녕. 안네가.

1943년 12월 22일 수요일

사랑하는 키티에게.

독감이 심해서 한동안 일기를 쓸 수 없었어. 은신처에서는 아
프면 정말 곤란해. 기침이 나올 것 같으면 급히 담요 속으로 기
어들어 가 소리를 죽여야 하거든.

모두 내 감기를 낫게 하려고 별별 방법을 다 썼어. 땀을 내고, 목과 가슴에 찜질을 하고, 따듯한 음료를 마시고, 양치질을 하고, 목구멍에 약을 바르고, 두 시간마다 체온도 쟀어.

아무튼 아팠던 이야기는 이 정도만 할게. 지금은 건강해졌어. 키가 1센티미터쯤 자랐고, 체중도 1킬로그램 정도 늘었어. 그리고 공부도 열심히 하고 있지.

웬일인지 은신처 사람들 모두 사이좋게 지내고 있어. 말다툼도 더 이상 하지 않아. 이 상황이 얼마나 갈지 모르겠지만 정말 오랜만에 맛보는 평화야.

크리스마스가 다가와서 식용유와 과자, 시럽을 특별 배급해 주었어. 뒤셀 씨는 하누카 축제일 기념으로 엄마와 판 단 아주머니에게 케이크를 선물했어. 미프가 뒤셀 씨의 부탁을 받아서 만든 거라는데, 사무실 일 말고도 미프가 그런 일까지 해야 했다니!

언니와 나는 작은 브로치를 선물 받았어. 동전으로 만들어져서 반짝반짝한 게 정말 예뻐.

나는 언니와 함께 미프와 베프를 위한 선물을 준비했어. 한 달 전부터 매일 아침 오트밀에 넣는 설탕을 조금씩 아껴서 모아 두었어. 이제 그걸 클레이만 씨의 도움을 받아서 과자를 만드는 데 쓸 생각이야.

밖에는 비가 내리고, 난로에서는 고약한 냄새가 나고 있어. 전쟁은 진전이 없는 상태고, 사람들은 모두 의기소침해져 있지.

그럼 안녕. 안네가.

1943년 12월 24일 금요일

사랑하는 키티에게.

전에도 썼지만, 은신처 사람들은 분위기에 금세 휩쓸린단다. 그런데 나는 요즘 더 심해진 것 같아.

괴테의 말 중에는 "지상의 천국인가, 절망의 늪인가"라는 게 있어. 이 말은 정말 은신처에 잘 어울리는 말이야. 다른 유대인 아이들과 비교해 보면, 은신처에 있는 나는 얼마나 운이 좋은지 이곳이 '지상 천국'이라고 생각해.

하지만 오늘처럼 클레이만 씨가 와서 자신의 딸 요피의 하키 클럽, 카누 여행, 연극 활동 등의 이야기를 들으면 정말이지 '절망의 늪'에 빠진 듯한 기분이 들어. 요피를 질투하는 건 아니야. 단지 한 번만이라도 그런 즐거움을 맛보고 싶은 거야. 특히 크리스마스가 다가오는 요즘 같은 때 은신처에 갇혀 있어야만 한다고 생각하면 더 심해져.

누구든 1년 반이나 갇혀 지낸다면 아마 견딜 수 없을 때가 종종 찾아올 거야. 나는 자전거를 타고, 춤을 추고, 휘파람을 불고, 세상을 보고, 자유를 만끽하고…… 이런 것을 동경해. 하지만 그런 마음을 밖으로 드러내면 이곳에 있는 사람들 모두 비참해질 거야.

가끔 나는 스스로에게 물어봐. 내가 가진 이런 마음을 이해해 줄 누군가가 있을까? 유대인이고 아니고를 떠나 그냥 평범한 아이로 웃을 수 있기를 진심으로 바란다는 걸 너그럽게 바라봐 줄 사람이 있을까? 이럴 때 엄마가 나를 진심으로 이해해 주지 못한다고 생각하면 무척 쓸쓸해. 그래서 나는 내 아이들에게 이상적인 어머니가 되어 줄 거야.

이 이야기는 이쯤에서 끝내는 게 좋겠어. 그래도 네게 이렇게 이야기라도 털어놓으면 '절망의 늪'에서 조금은 빠져나올 수 있어.

그럼 안녕. 안네가.

1943년 12월 27일 월요일

금요일 밤, 난생처음 크리스마스 선물을 받았어. 유대인들은 크리스마스가 아니라 하누카 축제에 선물을 주고받으며 축하해. 그런데 클레이만 씨와 퀴흘레르 씨, 미프와 베프 모두가 생각지도 않았던 크리스마스 선물을 준비해 주었던 거야.

미프는 멋진 크리스마스 케이크를 만들어 주었어. 케이크 위에는 '1944년-평화'라고 쓰여 있었지. 베프는 달고 맛있는 비스킷을 주었고. 그리고 페터, 언니, 나는 요구르트 한 병씩, 어른들은 맥주 한 병씩 받았어. 선물마다 카드도 붙어 있었어.

이런 선물을 받지 않았다면 우리는 크리스마스가 온 것도 모르고 지나갔을 거야.

1943년 12월 29일 수요일

어젯밤에는 하나뿐인 할머니와 내 소중한 친구 한넬리 생각이 나서 무척 슬펐어.

아, 다정한 할머니. 할머니는 언제나 우리를 다정하고 따뜻하게 대해 주셨어. 게다가 심각한 병으로 고생하시면서도 그 사실을 우리에게 줄곧 숨기고 계셨어. 하지만 우리는 할머니의 고마움을 제대로 이해조차 하지 못하고 있었지. 할머니는 얼마나 쓸쓸하셨을까?

한넬리는 아직 살아 있을까? 살아 있다면 지금 어떻게 지내고 있을까? 하느님, 한넬리를 우리의 품으로 돌아올 수 있게 해 주세요.

한넬리, 나는 내가 네 입장이었다면 어땠을까 생각하곤 해. 그렇지만 종종 은신처의 생활이 너무 비참하게 느껴져.

한넬리와 고통받는 우리 유대인을 생각하면 항상 감사하고 만족하며 살아야겠지. 하지만 나는 이기적이고 겁쟁이야. 너무 무서워서 비명을 지르고 싶을 때도 있어. 이만큼 혜택을 받으면서도 아직 하느님을 믿는 마음이 부족하기 때문이겠지.

우리 유대인을 생각하면 그저 온종일 울고 싶어. 그렇지만 지금 내가 할 수 있는 건 기도하는 것뿐이야. 기적을 일으켜 불행한 사람들을 구원해 달라고 말이야. 그것만큼은 매일 열심히 하고 있지만.

안네가.

1944년 1월 2일 일요일

사랑하는 키티에게.

오늘 아침에는 특별히 할 일이 없어서 이제까지 쓴 일기를 모두 읽어 보았어. 그런데 엄마에 대해 비난하는 글을 발견하고 깜짝 놀랐어. 이걸 정말 내가 쓴 걸까?

나는 일기장을 펼쳐 들고 앉아서 생각해 봤어. 왜 이렇게 분노

140

했었을까? 또 왜 네게 이렇게 숨김없이 털어놓았을까? 확실히 설명할 수는 없지만 나는 예나 지금이나 모든 걸 너무 주관적으로만 보는 성격이야. 그래서 다른 사람의 말을 냉정히 받아들이지 못하고 흥분도 잘해서 상대방의 말을 곰곰이 생각하려고 하지도 않았어. 결국, 나는 내 껍질 안에 틀어박혀서 모든 기쁨, 슬픔, 경멸을 아무도 몰래 일기에 쓰는 것으로 만족해 온 거야.

예전이나 지금이나 엄마는 내 마음을 이해하지 못해. 나도 엄마의 마음을 이해하지 못하고 있어. 사실 엄마는 나를 마음속 깊이 사랑하고 내게 상냥하신 분이야. 그렇지만 은신처에서 고생하시면서 생기는 짜증을 내게 화풀이한 마음을 이제는 이해할 수 있어. 나는 그때마다 대들고 반항했기 때문에 또 엄마는 화를 내셨던 거야.

이제 엄마 때문에 눈물 흘리는 시기는 지나갔어. 나도 전처럼 벌컥 화부터 내지 않아. 제법 철이 들어 화가 나면 잠자코 있고, 엄마도 마찬가지야. 그래서 엄마와 나는 전만큼 많이 부딪치지 않아.

이런 분노를 종이 위에만 써서 다행이야. 엄마에게 직접 말해 버렸다면 엄마의 가슴에 큰 상처를 남겼을 테니까.

그럼 안녕. 안네가.

마음속에서 깨어나는 봄

1944년 1월 5일 수요일

사랑하는 키티에게.

오늘은 네게 몇 가지 고백할 게 있어. 너는 무슨 말을 해도 꼭 비밀을 지켜 줄 거지?

우선 첫 번째는 엄마에 대한 거야. 난 엄마에게 불만이 많지만, 그래도 사이좋게 지내려고 애쓰고 있다는 걸 이전에도 전해 주었었지. 그런데 요즘 다시 엄마에게 뭔가 부족한 게 보여. 엄마는 언니와 나를 딸이자 친구라고 생각한다고 말씀하셨어. 그건 물론 나쁜 일은 아니지만, 난 엄마가 모범적이고 내가 존경할 수 있었으면 좋겠어. 언니는 나와 좀 다르게 생각하는 것 같지만.

지금까지도 엄마를 용서할 수 없는 일이 있어. 전에 내가 치과 치료를 받으러 다닐 때 생긴 일이야.

하루는 엄마, 언니와 함께 치과에 가는 길이었어. 나는 엄마에게 자전거를 타고 가도 좋다는 허락을 받았어. 그런데 치료를 끝나고 나왔더니 엄마와 언니가 시내에 쇼핑하러 가겠다는 거야. 물론 나도 따라가고 싶었지. 하지만 엄마는 자전거가 있으니 안 된다고 말했어. 그 말에 나는 너무 화가 나서 길 한복판에서 그만 울어 버렸어. 그런데 글쎄, 엄마와 언니가 그런 나를 보고 깔깔대며 웃음을 터뜨리는 거야. 결국 나는 자전거를 타고 혼자 울면서 집으로 돌아올 수밖에 없었어. 지금도 그날만 생각하면 마음의 상처가 되살아나서 분해.

두 번째는 나에 대한 거야. 어제 우연히 얼굴이 빨개지는 증상에 관한 글을 읽었어. 그 글은 마치 나를 위해 쓴 것 같았어. 내용은 대충 이래. 사춘기 소녀는 내면이 안정되면서 동시에 자신의 몸에 일어나는 변화에 대해 생각하기 시작한다는 거야. 나도 지금 그런 상태이고, 그래서인지 언니나 부모님 앞에 서면 왠지 모르게 부끄러워.

내 몸에 일어나는 변화는 정말 놀랍고 멋진 일이야. 밖으로 보이는 신체의 변화뿐만 아니라 내면의 변화도 마찬가지야. 지금까지 세 번 월경을 했지만, 그때마다 귀찮고 번거롭고 찝찝한 기분이 드는데 나만의 비밀을 가졌다는 기쁨도 있어.

또 나와 비슷한 나이 또래에는 자기 자신을 완전히 자각하지 못해도 서서히 자신이 독립된 한 인간임을 깨닫기 시작한대. 내가 이런 걸 겪었을 때는 은신처에 온 직후로, 겨우 열세 살이었으니 꽤 빠른 편이야. 요즘은 밤에 잠자리에 들면 내 가슴속 심장이 뛰는 걸 느껴 보고 싶은 충동이 일기도 해.

아, 이런 이야기를 함께할 수 있는 친구가 있으면 얼마나 좋을까!

1944년 1월 6일 목요일

사랑하는 키티에게.

요즘 누군가와 이야기하고 싶다는 생각이 너무 간절해. 그래서 페터와 이야기를 좀 나눠 볼까 해. 가끔 낮에 위층 페터의 방에 있으면 아주 편안한 느낌이 들어. 하지만 페터는 너무 내성적이어서 귀찮은 사람에게도 나가 달라는 말을 못해. 그래서 그가 나를 귀찮게 여길까 봐 그의 방에서 오래 머물지 못해.

나는 페터의 방에서 그에게 말을 걸 핑곗거리를 생각해 왔어.

그리고 어제 그 기회가 왔지. 페터는 요즘 십자말풀이에 열중하고 있어서 다른 건 거의 아무것도 하지 않아. 나는 그가 십자말풀이를 하는 것을 도와주다가 이내 작은 탁자에 마주 보고 앉게 되었어. 그는 의자에 앉고, 나는 소파에 앉았지.

내가 페터의 깊고 푸른 눈을 들여다보았더니 페터는 당황하는 것 같았어. 그 모습을 보니 내 마음속에서도 뭔가 이상한 감정이 일어났어. 페터는 어떻게 행동해야 좋을지 난감해하고 주저하면서도 남자다운 모습을 보여 주려고 하는 것을 느낄 수 있었어. 나는 그의 수줍은 태도에 마음이 아주 평온해지며 뭔가 다정한 말을 전하고 싶었어. 하지만 말은 쉽게 나오지 않아서 그저 얼굴이 붉어지는 것에 대해서만 이야기했어.

그날 밤, 잠자리에 들어 모든 상황을 곰곰이 생각해 보니 눈물밖에 나오지 않았어. 내가 먼저 페터와 친해지려고 했다는 게 소름 끼쳤어. 하지만 한 번의 실패에 포기하지 않기로 했어. 대신 페터를 더 자주 만나서 어떻게 해서든 그가 입을 열게 해야겠다고 결심했지.

내가 사랑에 빠진 건 결코 아니야. 판 단 아저씨네에 아들이 아니라 딸이 있었다고 해도 나는 그 아이와 친해지려고 노력했을 테니까.

오늘 아침에는 7시 5분 전쯤 눈이 떠졌는데 어젯밤 꿈이 또렷이 생각났어. 나는 의자에, 맞은편에는 내 첫사랑인 페터르가 앉아 함께 화집을 보고 있었지. 정말이지 선명한 꿈이어서 지금도 화집에 그려져 있던 그림을 기억할 정도야. 꿈은 계속되었어. 어느 순간 페터르와 눈이 마주쳤는데, 나는 아주 오랫동안 페터르의 아름다운 갈색 눈을 바라보았어. 그는 입을 열었어.

"내가 좀 더 널 알았다면 진작 네게 왔을 텐데."

그러고는 내 뺨에 부드러우면서도 아주 차가운 그 애의 뺨이 닿았어. 그 감촉은 정말이지⋯⋯ 무척 좋았어.

나는 신기하게도 꿈에 선명할 만큼 생생한 모습들을 자주 보곤 해. 처음에는 할머니가 나타났는데, 할머니의 주름진 피부의 감촉까지도 선명했어. 그 뒤에는 수호천사처럼 외할머니가 나타났고. 한넬리도 꿈에 나타났는데, 내게 헨넬리는 모든 유대인이 겪고 있는 고난의 상징이야. 그래서 내가 한넬리를 위해 기도할 때는 모든 유대인을 위해서도 함께 기도해.

그리고 이제는 페터르가 나타난 거야. 그 모습이 얼마나 선명한지 이제 그의 사진은 필요 없을 정도야. 페터르가 눈앞에 있는 것처럼 그의 모습을 아주 똑똑히 떠올릴 수 있으니까.

그럼 안녕. 안네가.

1944년 1월 7일 금요일

사랑하는 키티에게.

난 정말 바보 같아. 깜빡 잊었지 뭐야. 내 첫사랑 페터르에 대해 한 번도 이야기하지 않았다니.

유치원에 다니던 시절에 나는 살리 킴멜을 좋아했어. 그 애는 엄마와 둘이 할머니 집에서 살고 있었어. 나는 살리를 좋아해서 꽤 오랫동안 그와 함께 놀았어.

그런데 페터르가 내 앞에 나타났어. 어린 나이였지만 나는 페터르에게 푹 빠졌고, 그 애도 나를 좋아했어. 우리는 손을 꼭 잡고 암스테르담 여기저기를 돌아다녔지. 페터르를 만난 해, 여름 방학이 끝난 후 그 애는 중학교에 진학했고, 나는 6학년이 되었어. 그렇지만 페터르와 나는 학교 수업이 끝나면 늘 함께 집으로 돌아왔어. 페터르는 잘생기고 멋졌어. 게다가 멋진 갈색 눈, 장밋빛 뺨, 오뚝한 코에 성실하고 영리했어. 무엇보다 웃는 모습은 정말 매력적이었지.

그러다가 여름 방학 중에 시골에 여행을 다녀와 보니 페터르는 이사를 가고 없었어. 그 집에는 페터르보다 훨씬 나이 많은 남자아이가 살고 있었는데, 그 애가 페터르에게 나에 대해 뭐라고 했는지 그날 이후로 페터르는 나를 멀리했어. 나는 페터르와 다시 가까워지려고 그를 쫓아다녔지.

그리고 1년쯤 지나 내가 유대인 중학교에 진학하자, 같은 반 남자아이들이 나와 친해지려고 안달을 했어. 그사이 헬로가 나타나 그와 잠시 친해졌지.

상처는 시간이 치유한다는 속담이 있지. 나는 그 말이 내게도 딱 맞는다고 생각했어. 페터르의 일은 깨끗이 잊어버렸고, 페터르 따위는 이제 전혀 좋아하지 않는다고 생각했지. 하지만 함께했던 추억은 남아 있어서 이따금 페터르와 함께했던 여자아이들을 질투했던 것 같아. 그리고 오늘 꿈을 꾼 후 깨달았어. 내가 아직 페터르를 잊지 못했을 뿐만 아니라 심지어 예전보다 더 많이 좋아하게 되었다는 걸 말이야. 솔직히 말하면, 오늘 아침 마음이 들뜬 나머지 아빠가 키스해 주셨을 때 '아, 아빠가 아니라 페터르였다면' 하는 생각마저 했다니까. 이제 나는 어떻게든 살아남아 제발 페터르를 다시 만나게 해 달라고 하느님께 기도드리고 있어.

거울에 비친 내 모습이 다른 때와는 어딘가 달라 보여. 눈은 맑고, 뺨은 발그레하고, 입술이 도톰해져서 행복해 보여. 지금도 페터르의 멋진 눈길과 뺨의 감촉이 느껴지는 듯해.

아, 사랑스러운 페터르!

1944년 1월 12일 수요일

사랑하는 키티에게.

베프가 2주 전에 돌아왔어. 하지만 요 며칠 독감 때문에 이틀 정도 누워 있었어. 미프와 얀도 배탈이 나 이틀이나 쉬었지.

요즘 나는 댄스와 발레에 열중하고 있어. 매일 밤 연습할 때 엄마의 레이스가 달린 하늘색 속치마로 만든 연습복을 입어. 연습하는 동안 제일 힘든 자세는 바닥에 앉아 양손으로 양쪽 발뒤꿈치를 잡은 채 두 다리를 높이 들어 올리는 거야.

언니는 요즘 매우 상냥해져서 전처럼 심술궂게 굴지 않아. 게다가 이제는 나를 어린아이 취급하며 따돌리지도 않아서 우리는 친구처럼 지내.

은신처로 오기 전, 나는 엄마와 언니에게서 소외당하는 느낌이었어. 그래서 한동안은 일부러 고아처럼 행동한 적도 있었지. 그렇지만 이제는 그러지 않으려고 해. 일부러 나 자신을 불행하다고 여길 필요는 없잖아. 그리고 하느님이 내게 구세주를 보내 주셨어. 바로 페터르 말이야! 다른 사람은 아무래도 상관없어. 페터르만 있다면 모든 것을 이겨 낼 수 있어.

누구도 내가 이런 생각을 하는 줄은 모를 거야.

그럼 안녕. 안네가.

12
조금씩 자라는 마음

1944년 1월 15일 토요일

사랑하는 키티에게.

은신처에서 또 말다툼이 벌어졌어. 하지만 자세히 이야기해 봐야 소용없으니까 결과만 말할게. 이제 은신처에서는 버터부터 고기까지 모든 식료품을 사람 수만큼 나누기로 했어.

엄마의 생일이 얼마 남지 않았어. 그래서 퀴흘레르 씨는 생일 때 쓰라며 엄마에게 설탕을 조금 주셨어. 판 단 아주머니 생일 때는 그런 일이 없었기 때문에 판 단 아주머니는 그걸 질투하고 있지.

우리 가족은 판 단 아저씨네 가족과 함께 사는 것을 지긋지긋해하고 있어. 엄마는 판 단 아저씨네 가족을 단 2주 만이라도 보지 않았으면 좋겠다고 할 정도야. 누구든 오랫동안 한집에서 살면 충돌이 일어나게 마련인가 봐. 은신처로 와서 사람에 대해 많이 배우고 있어.

우리가 이렇게 말다툼하든 자유를 그리워하든, 밖에서는 여전히 전쟁이 계속되고 있어. 그러니 우리는 은신처 생활을 최대한 즐겁게 만들도록 노력해야겠지.

은신처에 더 오래 있다가는 인간성이 말라비틀어진 콩깍지처럼 되어 버리고 말 거야. 난 정말이지 사람답게 살고 싶어.

그럼 안녕. 안네가.

1944년 1월 22일 토요일

사랑하는 키티에게.

사람은 왜 진짜 자신의 감정을 숨기려고 하는지 넌 아니? 나는 왜 사람들 앞에서 진짜 마음과 다른 행동을 하고 마는 걸까? 왜 사람들은 서로 이렇게까지 믿지 못하는 거지? 가장 가까운 가족에게까지 속마음을 터놓지 못한다는 건 정말 쓸쓸한 일이야.

페테르의 꿈을 꾼 후 내가 훨씬 어른스러워졌다는 느낌이 들어. 판 단 아저씨네에 대한 태도까지 변했어. 만약 우리 엄마가 좀 더 이해심이 많은 사람이었다면 판 단 아저씨네와 사이가 지금보다는 낫지 않았을까 싶어. 물론 판 단 아주머니가 어울리기 쉬운 사람은 아니지만.

판 단 아주머니도 좋은 점은 있어. 구두쇠에 자기만 생각하고 엉큼한 면도 있지만, 다른 사람이 기분을 상하게만 하지 않으면 판 단 아주머니도 상대방의 말을 잘 이해해 줘. 이제까지 가정교육, 음식, 그 밖의 문제들 때문에 일어났던 말다툼은 서로가 이해하고 솔직하기만 했다면 이렇게까지 심해지지 않았을 거야. 여태 4층 사람들에게 지독한 말을 듣고 심한 대접을 받았지만, 그래도 이건 분명해.

이제 나는 뭐든 신중하게 살펴보고 스스로 판단하고 싶어. 그리고 부모님에게 문제점이 있다면 사실을 분명히 밝히도록 노력할 거야. 지금까지 나는 고집스러운 면이 있었어. 언제나 나쁜 건 저쪽이고, 우리는 옳다고 생각해 왔어. 그렇지만 문제가 생겼을 때, 아무리 우리가 옳더라도 책임은 양쪽 모두에게 있는 거 같아.

현명한 사람은 통찰력을 가지고 있어야 한다고 생각해. 이번 일로 나도 통찰력이 좀 생겼어. 만약 기회가 온다면 내 통찰력을 충분히 발휘할 거야.

그럼 안녕. 안네가.

1944년 1월 24일 월요일

사랑하는 키티에게.

작은 사건이 일어났어. 사건이라고 할 수 없을지 모르지만, 이상한 일인 건 확실해. 예전에는 누가 성(性)에 관한 이야기를 꺼내면 어쩐지 징그럽게 느껴졌어. 그리고 누구든 그런 이야기를 할 때는 작은 소리로 소곤거리고, 잘 알아듣지 못하면 웃음거리가 되지. 나는 그런 이야기를 왜 비밀스럽게 해야 하는지 이상하게 여겼었어. 하지만 입을 다물고 있거나 친한 친구에게 슬쩍 물어보거나 했지. 나중에 어느 정도 이런 문제에 대해 알게 되자 엄마가 말씀하셨어.

"안네, 그런 건 남자와 나눌 만한 이야기가 아니란다."

은신처에 온 후로 아빠는 내가 궁금해하는 것들을 자주 말씀해 주셨어. 책이나 어른들의 이야기를 통해 배운 것도 있고.

이 문제에 대해 페터는 학교에서 만난 다른 남자아이들처럼 이상한 태도를 보이지 않아. 어제 언니와 페터와 내가 감자 껍질을 벗길 때, 고양이 보슈에 대한 이야기를 했어. 내가 먼저 입을 열었지.

"보슈가 암놈인지 수놈인지 아직 모르지?"

그런데 페터가 금세 대꾸하는 거야.

"난 알고 있어. 수놈이야."

"뭐? 그럼 수놈인데 배가 불러? 참 이상한 일이네!"

내 말에 언니도 페터도 모두 웃음을 터뜨렸어. 두어 달 전에 보슈의 배가 불룩해진 걸 보고 페터가 새끼를 낳으려나 보다고 말한 적이 있었거든. 그렇지만 새끼가 커지는 기미는 안 보이고, 새끼를 낳지도 않았어. 아마 밥을 너무 많이 먹어서 그랬나 봐.

우리가 그때 일을 떠올리자, 페터가 확인시켜 주겠다고 했어. 그래서 그날 오후, 용기를 내서 페터와 창고까지 가 보았어.

페터는 보슈를 안더니 머리 위로 들어 올려 보슈의 배를 보여 주었어.

"봐, 이게 수놈의 생식기야. 그리고 이게 항문이고."

만약 다른 남자아이가 그런 행동을 했다면 두 번 다시 그 애를 보지 않았을 거야. 하지만 페터는 담담하고 당연하다는 듯이 말했어. 그래서 나도 마음이 편해졌지.

그 후로 한참 동안 보슈와 놀기도 하고, 페터와 이야기를 나누기도 하다가 창고를 나섰어. 그리고 위층으로 올라오며 남자와 여자의 성기를 뭐라고 부르는지도 이야기했어.

지금까지 페터와 이야기했던 걸 떠올리면 어쩐지 기분이 이상해. 하지만 적어도 한 가지 얻은 것은 있어. 그런 이야기를 아주 자연스럽게 주고받을 남자아이가 세상에 있다는 것 말이야.

그럼 안녕. 안네가.

1944년 1월 28일 금요일

사랑하는 키티에게.

일요일에는 퀴흘레르 씨가 사다 주는 잡지에서 모아 놓은 영화배우들의 사진을 분류하거나 물끄러미 바라보며 지내고 있어.

오늘 아침에는 문득 우울한 기분이 들었어. 정치나 음식 이야기를 빼놓고 은신처 사람들이 하는 이야기라고는 어른들의 젊은 시절에 대한 케케묵은 것들뿐이거든. 그마저도 이제까지 지겹도록 들었던 것들이야. 하지만 사실 이곳에서 새로운 화제를 찾는 건 무리야.

클레이만 씨나 얀은 주로 우리처럼 숨어서 생활하는 사람들이나 지하 운동을 하는 사람들에 대해 이야기해. 우리는 그들의 이야기라면 무슨 내용이든 귀 기울여 듣고, 끌려간 사람들에 대해서는 가슴 아파하고, 다행히 풀려난 사람들이 있다면 진심으로 축하하고 있어.

'자유 네덜란드' 같은 조직에서는 신분증을 위조해 주거나, 지하 운동을 하는 조직에 자금을 제공하거나, 숨어 사는 사람들에게 일자리를 주기도 한대. 이런 이야기는 우리에게 매우 익숙해. 지금 우리를 도와주는 사람들과 마찬가지일 테니까. 지금껏 우리가 은신처에서 살아남을 수 있었던 건 모두 그 사람들 덕분이야. 전쟁이 끝날 때까지 아무 일도 일어나지 않기를 바라. 그렇지 않으면 그들도 우리와 같은 신세가 되고 말 거야.

그들에게 우리는 틀림없이 부담스러운 짐일 거야. 하지만 그들은 한 번도 불평한 적이 없어. 매일 우리를 찾아와서 여러 가지 이야기를 해 주고 생일이나 축제가 다가오면 꽃과 선물로 우리에게 힘이 되어 주려고 해. 이 은혜는 결코 잊을 수 없을 거야.

전쟁터에서 독일군에 맞서 용감하게 싸우는 군인들이 많지만, 우리를 도와주는 사람들도 그들 못지않게 영웅 정신을 발휘하고 있어.

그럼 안녕. 안네가.

1944년 1월 30일 일요일

누구보다 사랑하는 키티에게.

또 일요일이 되었어. 예전만큼은 아니지만 여전히 일요일은 따분해.

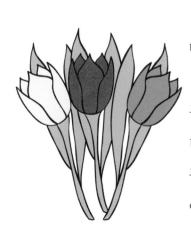

어젯밤에는 혼자 어두운 아래층에 내려가 보았는데 생각보다 무섭지는 않았어. 계단 위에 잠시 서 있으려니까 하늘에서 독일 비행기가 지나갔어. 그렇지만 두렵다기보다 오히려 내가 다른 누구에게 의지할 필요 없는 독립된 한 인간이라는 생각이 들었어. 그리고 혼자 조용히 머물고 싶다는 생각이 간절해졌지.

아마 언젠가는 그렇게 될지도 몰라.

안네가.

아우슈비츠 강제 수용소 추도 기념비

1944년 2월 3일 목요일

사랑하는 키티에게.

연합군의 상륙 작전을 모두가 기다리고 있어. 은신처의 우리뿐만 아니라 전 국민이 말이야.

신문에는 온통 상륙 작전에 대한 기사뿐이야. 만약 영국군이 네덜란드에 상륙하면 독일군은 이곳을 지키려고 홍수 작전을 실시할지도 모른다는 기사에 모두 잔뜩 화가 났어.

또 기사에는 홍수 작전이 펼쳐지면 물에 잠기게 될 부분이 표시되어 있었어. 그 지도로 보면 암스테르담은 대부분 물에 잠기는 위험한 지역이야. 우리는 1미터 이상 물에 잠기면 어떻게 해야 할지 한참 이야기했어.

"홍수가 나도 어차피 이 집에서 나갈 수 없어. 물에 잠기면 창고는 틀림없이 무너지고 말 거야. 지금도 집이 흔들리고 있잖아."

"그런 말은 농담으로라도 하지 마세요. 우린 어떻게든 보트를 구해야 해요."

파울 괴벨스

1897년 독일 라인란트에서 태어난 파울 괴벨스는 독일 나치스 정권 당시 활동한 정치가예요. 1933년에 나치스에 들어간 그는 1926년에 히틀러에 충성을 맹세하고 본격적인 나치스 활동을 시작하였어요. 그리고 나치스가 정권을 잡자, 그는 독일의 문화를 통제하여 나치스의 세력을 확장시키고 국민을 전쟁에 참여시키는 데 큰 역할을 했어요. 이후 히틀러가 자살한 다음 날 괴벨스 자신도 스스로 목숨을 끊었어요.

분위기는 대강 이래. 여기에 또 만약 독일군이 암스테르담에서 물러난 후 우리가 어떻게 해야 할지에 대해서도 이야기했어.

"당연히 집으로 돌아가야죠. 되도록 눈에 띄지 않게 변장을 하고요."

"그건 안 돼. 전쟁이 끝나기 전까지는 여기에서 버텨야 해. 독일군들은 아마 네덜란드 국민 전체를 독일 본토까지 몰고 갈 거야. 자칫하면 모두 거기서 죽을 수도 있어."

"물론이지. 당연히 여기 남아 있어야 해. 이곳만큼 안전한 곳은 없어. 클레이만 씨 가족도 불러서 여기서 버티자고. 식량이며 필요한 물품을 잔뜩 구해 놓고 말이야."

아침부터 밤까지 이런 이야기만 하고 있어. 화제라고는 상륙 작전뿐이야. 여기에 식량이 떨어지는 것, 죽는 것, 폭탄, 유대인 증명서, 독가스 기타 등등. 모두 즐거운 이야기라고 말할 수는 없지. 대표적으로 얀과 이곳의 남자들이 나눈 이야기는 이런 거야.

은신처 사람들: 우리는 독일군이 철수하면서 네덜란드의 모든 국민을

독일 본토까지 데려갈까 봐 걱정이야.

얀: 그건 무리죠. 그 많은 사람을 운송할 기차가 없으니까요.

은신처 사람들: 기차? 그놈들은 우리를 기차에 태우지 않을 거야. 암, 어림없지. 걸어서 가게 할 거야.

얀: 너무 비관적인 것 아니에요? 사람들을 모조리 데려다가 뭐 어쩌겠어요?

은신처 사람들: 괴벨스가 한 말도 못 들었어? 만약 어쩔 수 없이 철수한다면 모든 점령국의 문을 우리가 나갈 때까지 기다렸다가 자기들 손으로 닫고 갈 작정이라잖아.

얀: 어리석은 소리 하지 마세요.

은신처 사람들: 놈들은 자기들이 당하면 우리까지 자기들과 같은 운명에 빠뜨릴 만한 놈들이야. 폴란드와 소련에서 사람들이 마구 학살당하고 독가스로 살해된 것도 못 봤어?

이런 이야기는 이쯤 할게. 나는 누가 무슨 말을 하든 신경 쓰지 않으려고 해. 내가 이 세상에서 사라져도 지구는 여전히 돌 거고, 일어날 만한 일은 일어날 테니까. 그래서 공부에만 전념하기로 했어. 언젠가 모두가 부둥켜안고 축하할 날이 오길 바라면서.

그럼 안녕. 안네가.

13
페터와 만나는 즐거움

1944년 2월 12일 토요일

사랑하는 키티에게.

해가 찬란히 빛나고 있어. 하늘은 파랗게 개었고, 상쾌한 바람
이 불어. 그리고 나는 모든 것을 그리워하고 있어. 다른 사람과
이야기를 나누고 싶고, 자유와 친구가 그립고, 또 혼자가 되고 싶
어. 그리고 무엇보다 실컷 울고 싶어. 바람이 너무 많아서 가슴
이 터질 지경인데, 실컷 울고 나면 마음이 후련해질 것 같아.

나는 내 안의 봄이 깨어나기 시작했다는 걸 느껴. 머릿속이 혼
란스러워서 예전처럼 행동하기 어려워. 무얼 읽을지, 무얼 쓸지,
무얼 할지 전혀 모르겠어. 단지 뭔가를 그리워하고 있다는 것만

알 뿐이야.

　그럼 안녕. 안네가.

1944년 2월 14일 월요일

　사랑하는 키티에게.

　토요일 이후, 여러 가지가 변하고 말았어. 그때나 지금이나 무언가를 그리워하고 있지만, 조금은 마음이 가벼워졌어. 사실은 정말이지 기분이 좋아. 페터가 나를 신경 쓰고 있다는 걸 알게 되었거든.

　어젯밤에 나와 아빠를 뺀 나머지 은신처 사람들은 모두 '독일 거장들의 불멸의 음악'이라는 라디오 프로그램을 듣고 있었어. 그런데 뒤셀 씨는 자꾸만 라디오 다이얼을 만져서 모두 신경에 거슬리던 참이었지. 그런 상황이 30분쯤 계속되자, 마침내 페터가 화를 냈어.

　"다이얼 좀 제발 그만 돌려요!"

　그 말은 그 자리의 모든 사람의 마음을 대변한 것이었어.

　"잘 들리게 조절하는 거야."

　뒤셀 씨는 거만하게 대꾸했고, 페터는 더 화를 냈어.

함께 있던 판 단 아저씨가 아들의 편을 들고 나서야 뒤셀 씨의 기가 꺾였지.

일이라고 할 만한 건 이것뿐이었어. 그렇지만 페터는 그 일이 마음에 걸렸는지, 내가 다락방의 책장을 살필 때 쫓아 올라와서는 자초지종을 늘어놓았어.

"너도 내가 말주변이 없다는 걸 알 거야. 무슨 말을 하려고 하면 혀가 꼬여 버려. 그럼 더 말하기 어려워지고, 말이 막히면 또 얼굴이 빨개져서 결국 입을 다물게 돼. 어제도 그랬다니까. 사실 다른 이야기를 하고 싶었는데, 입을 여니까 정리가 안 되는 거야. 전에는 말보다 주먹이 먼저 나가는 나쁜 버릇이 있었어. 그렇게 해도 해결되는 일이 없다는 걸 알고는 있지만, 지금은 차라리 그 버릇이 남아 있었으면 좋겠어. 그런 점에서 네게 정말 감탄했어. 말이 막히지도 않고, 하고 싶은 말을 정확히 잘하고, 수줍어하지도 않잖아."

"아니야, 나도 늘 하고 싶은 말과 전혀 다른 말을 하게 돼. 게다가 말이 너무 많잖아. 이건 결코 좋은 건 아니야."

"그럴지도 모르지만 넌 우물쭈물하거나 당황하지 않잖아. 네가 얼굴이 빨개진다거나 흥분해서 말을 제대로 못 한 적도 없고."

페터의 마지막 말 한마디에 나는 웃고 말았어. 그렇지만 페터의 이야기를 더 들어 보고 싶어서 웃음을 참고 바닥에 놓인 쿠션

위에 앉아 그를 바라보았지.

　은신처에 나 말고도 나처럼 화를 벌컥 잘 내는 사람이 있다고 생각하니 동질감 같은 게 느껴져서 마음이 편했어.

　그럼 안녕. 안네가.

1944년 2월 16일 수요일

　오늘은 페터와 한두 번밖에 이야기할 기회가 없었어. 너무 추워서 다락방에도 못 갔는데, 페터가 언니의 생일 선물을 보러 왔었어. 그런데 이상하게도 오래 이야기를 나누다 돌아갔어. 전에는 한 번도 이런 일이 없었는데 말이야.

　오후가 되어 언니에게 커피를 가져다주었어. 그리고 감자를 가지러 페터의 방을 지나쳐 계단으로 올라갔어. 페터는 계단에 놓인 공책 따위를 치워 주었지.

　"내려올 때 노크해. 문 열어 줄게."

　페터의 말에 고맙다고 대답한 후 나는 계단으로 올라가 10분 정도 알이 고른 감자를 골라서 내려왔어. 노크도 하지 않았는데 페터는 일부러 계단 밑까지 와서 감자 냄비를 받아 주었지.

　"열심히 찾았는데 이게 알이 가장 고른 거야. 더 좋은 건 없어."

페터는 한참 감자를 들여다보더니 말했어.

"이 정도면 최고야."

그러면서 무척 상냥하고 따뜻한 눈빛으로 나를 바라보았어. 지금도 그 눈빛을 생각하면 가슴이 뜨거워져.

저녁 식사용으로 감자가 필요하다는 엄마의 말에 나는 또 위층으로 올라갔어. 다락방의 페터에게 방해하게 되어 미안하다고 사과하고 계단을 올라가려고 했지. 그런데 페터가 갑자기 일어나 내 팔을 꼭 움켜쥐었어.

"내가 갈게. 위에 가야 할 일도 있어."

"괜찮아. 이번에는 알이 고른 걸 찾을 필요가 없어."

내가 그렇게 말을 하고 나서야 페터는 내 팔을 놓았어.

이번에도 페터는 내가 감자를 가지고 나올 때를 기다려 문을 열어 주고 냄비를 받아 주었어.

페터에게 무슨 공부를 하고 있느냐고 물어보니, 페터는 프랑스 어라고 대답했어. 그래서 감자를 가져다 놓은 후 곧장 페터에게 갔지. 나는 페터에게 프랑스 어를 조금 가르쳐 준 후 함께 이런저런 이야기를 나누었어.

페터는 나중에 인도네시아에 가서 농장을

경영하고 싶다고 했어. 또 은신처 생활이나 암시장 등의 이야기를 하다가 갑자기 요즘 자신이 아무 쓸모 없는 인간인 것 같은 기분이 든다는 거야. 그래서 나는 열등감이 심해서 그런 것 같다고 말해 주었어. 그 이야기 말고도 머지않아 소련이 영국과 전쟁을 하게 될 거라는 것, 전쟁이 끝나면 누가 유대인인지 아닌지 모를 거라는 것 등을 이야기했어. 그러면서 페터는 이렇게도 말했어.

"유대인은 항상 선택받은 민족이었고 앞으로도 계속 그렇겠지. 하지만 나는 가끔 한 번만이라도 좋으니 제발 좋은 의미로 선택받았으면 좋겠다고 생각해."

이 말에는 정말 가슴이 아팠어.

우리는 한참 이야기를 나누다가 5시 50분이 지나서야 베프가 와서 다락방에서 나왔어.

밤에도 페터와 잠깐 이야기를 했는데 정말 재미있었어. 페터의 방에는 영화배우의 사진이 걸려 있는데, 내가 1년 반쯤 전에 준 거야. 페터가 그 사진이 매우 마음에 든다고 해서 다른 것도 주겠다고 하니까, 페터는 "괜찮아. 매일 보니 이제 친구 같거든" 하고 대답했어. 나는 그제야 페터가 왜 매일 무시를 끌어안고 있었는지 알 것 같았어. 페터도 애정을 줄 대상이 필요했던 거야.

165

페터는 열등감이 너무 심해. 자기 말고 다른 모든 사람은 머리가 좋다고 생각하고, 프랑스 어를 가르쳐 주면 몇 번씩이고 고맙다고 말하지. 나중에 페터에게 꼭 말해 줄 거야. 너는 나보다 영어와 지리를 훨씬 더 잘한다고 말이야.

그럼 안녕. 안네가.

1944년 2월 18일 금요일

사랑하는 키티에게.

요즘은 위층에 올라갈 때마다 '그'를 만날 수 있으면 좋겠다고 생각해. 그리고 지금은 어느 정도 내 인생의 목표도 생겨서 모든 게 전보다 밝게 느껴져.

적어도 내가 즐거워하는 대상은 늘 내 눈앞에 있고, 언니를 빼면 경쟁 상대도 없어. 그렇지만 결코 사랑에 빠진 건 아니야. 이건 사랑이 아니지. 단지 페터와 나 사이에 우정이나 신뢰, 뭐 그런 것들이 생겨나고 있다는 거야. 그래서 지금은 기회가 생길 때마다 위층으로 가.

요즘 페터는 예전처럼 무슨 말을 어떻게 할지 몰라 머뭇거리던 때와 달라. 방을 나서는 내 등에 대고 말을 할 정도라니까.

엄마는 내가 페터와 어울리는 것이 아무래도 마음에 들지 않는 눈치야. 내가 페터에게 자주 찾아가서 페터를 방해하지 말라고 하서. 그럴 때마다 너무 짜증 나고 엄마가 점점 더 싫어져.

1944년 2월 19일 토요일

사랑하는 키티에게.

다시 토요일. 이제 토요일이라는 말만으로도 무슨 상황이 벌어질지 너도 알 거야. 아침에 한 시간쯤 4층에서 미트볼 만드는 걸 도왔는데, 페터와는 제대로 말 한마디 하지 못했어.

2시 반쯤 되자, 다른 사람들은 낮잠을 자거나 책을 읽으러 가고, 나는 담요를 안고 2층으로 갔어. 그리고 책상 앞에 앉아 공부를 시작했지. 그러고 나서 한 3시쯤 되었을까? 갑자기 모든 걸 견딜 수 없는 기분이 되어서 나는 갑자기 울음을 터뜨리고 말았어. 참을 수 없이 비참한 기분이었어. 이럴 때 페터가 위로해 준다면…….

4시에 간신히 마음을 가라앉히고 페터를 만날지도 모른다는 생각으로 감자를 가지러 위층에 올라갔어. 그런데 페터는 보슈를 찾으러 창고로 가고 없었지. 나는 또 눈물이 날 것 같아 급히 3층으로 뛰어갔어.

머릿속에 떠다니는 생각들은 이런 거야.

'이래서는 페터의 마음을 움직일 수 없어. 어쩌면 페터가 나를 좋아하지 않고, 이야기할 상대를 원하지 않는 걸지도 몰라. 그럼 나는 예전처럼 외톨이가 되겠지. 페터의 어깨에 기대어 이 외로움을 위로받을 수 있다면! 페터의 눈빛이 특별했다고 생각한 건 내 착각일지도 몰라.'

아, 페터! 네게 내 마음이 보인다면!

한참 눈물을 흘리고 나니 새로운 희망과 기대가 살아났어.

그럼 안녕. 안네가.

1944년 2월 23일 수요일

사랑하는 키티에게.

날씨가 매우 화창해. 어제부터 기분이 완전히 새로워졌어. 하늘이 내게 내려 준 훌륭한 재능인 글쓰기도 잘 진행되고 있어.

나는 매일 아침 다락방에 가. 오늘 아침에 다락방에 갔을 때 페터는 열심히 청소를 하고 있었어. 내가 올라가니 페터는 청소를 금세 마치고 내 곁으로 다가왔지.

우리 둘은 푸른 하늘과 나무들을 바라보았어. 나뭇가지 사이에 빗방울이 반짝거리고, 하늘에 갈매기와 새들이 은빛으로 빛나고 있었지. 그 생기 넘치는 풍경에 우리는 아무 말도 할 수 없었어. 페터는 기둥에 머리를 기대고 서 있었고, 나는 바닥에 앉아 있었는데 우리 둘 다 이 시간을 깨뜨려서는 안 된다는 걸 알고 있었어. 그래서 한참 그렇게 아무 말 하지 않고 있었고, 나는 페터가 정말 좋은 사람이라는 걸 느꼈어.

페터가 장작을 패러 간 사이, 나는 열린 창으로 바깥 풍경을 계속 바라보았어. 햇빛, 맑은 하늘, 아득히 멀리까지 이어진 지붕들, 수평선, 짙은 강물. 이들이 존재하는 한 나는 절대 불행해지지 않을 거야. 그 어떤 불행도 자연이 위안을 줄 테니까. 어쩌면 머잖아 이런 행복을 다른 누군가와 나눌 수 있게 될지도 몰라.

그럼 안녕. 안네가.

추신. 페터에게.

우리는 은신처에서 자유롭지 못한 생활을 하면서 너무 쓸쓸한 생각에 젖어 있어. 너처럼 나도 자유가 그립고 신선한 공기가 그리워. 그렇지만 나는 자유를 누리지 못하는 대신, 심리적인 보상을 받고 있다고 생각하게 되었어. 오늘 아침, 창가에 앉아 있을 때 나는 밖을 내다보며 자연의 아름다움과 신의 존재를 실감했고 정말 행복했거든.

페터, 이런 행복을 느낄 수 있는 한, 사람은 행복을 찾을 수 있다고 생각해. 고독하고 불행하다고 느껴질 때, 밖을 바라보도록 해 봐. 두려움 없이 하늘을 바라보는 거야. 그럼 마음이 맑아지고 행복을 되찾을 수 있을 거야.

1944년 2월 27일 일요일

사랑하는 키티에게.

온종일 페터 생각을 하느라 다른 일이 손에 잡히지 않아. 그의 얼굴을 마음속에 그리면서 잠이 들고, 그의 꿈을 꾸고, 눈을 뜬 후에도 그가 날 바라보고 있는 것처럼 느껴져.

나와 페터는 겉보기보다 비슷한 점이 많아. 우리 둘 다 엄마의 사랑을 받지 못하고 있어. 판 단 아주머니는 굉장히 주책없고 아들의 마음에는 관심이 없어. 우리 엄마는 내게 신경 쓰지 않고 배려심도 없어. 또 우리는 내면의 감정과 싸우고 있지. 감수성도 예민해서 상처받지 않으려고 진짜 자신의 모습을 숨겨 버려.

그런데 우리의 마음은 언제쯤 서로 통하게 될까? 내 이성이 언제까지 강한 그리움을 억누를 수 있을지 모르겠어.

그럼 안녕. 안네가.

1944년 3월 1일 수요일

사랑하는 키티에게.

페터에 대한 문제는 잠시 미뤄 두기로 했어. 지긋지긋한 도둑 때문이야. 이번 도둑 소동은 작년보다 훨씬 심각해.

어젯밤에 판 단 아저씨가 평소처럼 7시 반에 퀴흘레르 씨의 방에 가다가 유리문과 복도의 양쪽 문이 열려 있는 것을 발견하셨대. 깜짝 놀라 살펴보니, 사무실 안이 엉망이 되어 있었다는 거야. 판 단 아저씨는 도둑이 들어온 걸 알고 곧장 1층으로 내려가 보셨지만, 문은 전부 잠겨 있었대. 좀 수상쩍긴 했지만, 아무튼 판 단 아저씨는 다시 위로 올라오셨대.

그런데 오늘 아침 일찍 페터가 내 방문을 두드리더니 불길한 소식을 전해 주었어. 정면 입구의 문이 열려 있고, 영사기와 퀴흘레르 씨의 서류 가방이 없어졌다는 거야. 페터는 곧장 입구의 문을 닫았어. 그리고 판 단 아저씨가 어젯밤에 목격한 것들을 말씀해 주셨고, 우리는 불안과 두려움에 떨었어.

자물쇠에 이상이 없다는 건 도둑이 열쇠를 갖고 있다는 걸 거야. 열쇠를 가진 도둑이 건물 안으로 숨어들어 실내를 살피고 있는데 판 단 아저씨가 들어온 거지. 도둑은 판 단 아저씨가 사라질 때까지 숨어서 기다리다가 훔친 물건을 들고 도망친 것 같아.

누가 열쇠를 가지고 있었던 걸까? 왜 도둑은 창고를 먼저 뒤지지 않았을까? 혹시 창고를 지키는 사람이 도둑 아닐까? 판 단 아저씨가 들어갔을 때 도둑이 숨어 있었다면 아저씨의 얼굴을 봤을지도 몰라. 그럼 당국에 신고할 수도 있어.

생각이 꼬리에 꼬리를 물면서 점점 더 무서워지고 있어.

그럼 안녕. 안네가.

1944년 3월 2일 목요일

사랑하는 키티에게.

오늘은 언니와 함께 다락방에 갔어. 페터와 함께 있을 때만큼 즐거울 거라고 생각했는데 생각보다 즐겁지는 않았어. 하지만 한 가지 수확이 있다면, 언니도 대부분의 일에 대해 나와 같은 생각이라는 걸 알게 된 거야.

설거지를 하고 있을 때 베프가 엄마와 판 단 아주머니에게 요즘 괴로운 일이 많아 우울하다고 말했어. 그런데 엄마와 판 단 아주머니는 정말 위로할 줄을 모르더라니까. 엄마가 베프에게 지금은 모두가 괴로워하고 있으니까 그 사람들을 생각해 보라고 말한 거야. 그래서 나는 그들에게 베프도 힘든 일을 겪고 있는데 다른 사람들의 불행을 생각하는 건 소용없는 일이라고 말했지만, 아이들은 끼어들지 말라며 혼나기만 했어.

어른들은 정말이지 어리석어. 판 단 아저씨는 무슨 말만 하면 당장이라도 싸울 듯이 덤벼들고, 엄마는 독선적이라 어떤 말도 듣지 않아. 아빠는 관심조차 없고, 뒤셀 씨도 마찬가지지. 판 단 아주머니는 늘 비난받을 말만 늘어놓고.

우리? 우리는 의견을 갖는 것조차 허락되지 않아. 하지만 다른 사람의 입을 다물게 할 수는 있어도 의견을 갖는 것까지 막을 수는 없어. 아무리 어린아이라도 자신의 의견은 있는 건데 그걸 막아서는 안 돼.

페터와 오늘 오후에 45분 정도 이야기를 나누었어. 페터는 자기 이야기는 잘 하지 않았었는데, 요즘은 조금씩 마음을 열고 있어. 내가 베프의 이야기를 들려주자, 페터는 부모님께서 정치나 담배에 대한 문제로 줄곧 싸우는 중이라고 말했어. 그러면서 2년 정도 부모님의 얼굴을 보지 않고 지내면 얼마나 좋겠느냐고도 했어.

나는 페터에게 우리 엄마와 아빠에 대해 이야기했어. 그러자 페터는 우리 아빠를 굉장히 멋진 분이라고 말했지. 그 뒤에 나는 아래층 우리 식구들이 위층 판 단 아저씨네를 좋아하지 않는다는 걸 말했어. 그런데 페터는 이 사실을 몰랐는지 놀라는 눈치였어.

"페터, 나는 늘 솔직하게 말하는 걸 알고 있지? 그래서 네게 네 부모님의 결점을 말해 주는 거야."

그리고 덧붙여 다시 이렇게 말했어.

"난 네게 힘이 되어 주고 싶어. 괜찮겠니? 네가 말은 잘 안 하지만 굉장히 어색하고 불편한 입장이 되었을 때 말이야."

"물론 언제든 환영이야."

"그럼 우리 아빠와 이야기해 보지 않을래? 네게 피해가 되는 일은 없을 거야."

"알아. 의지할 만한 분이서."

"우리 아빠, 좋아하지?"

페터가 그렇다고 해서 나는 말을 이었어.

"아빠도 너를 좋아하셔."

그러자 페터는 금세 얼굴이 붉어졌어. 그가 이런 사소한 말에도 기뻐하는 걸 보니 가슴이 뭉클해졌어.

"진짜 그렇게 생각하셔?"

"그래. 진짜야. 너도 만나서 이야기를 나누어 보면 알 거야."

페터는 우리 아빠에게도 뒤지지 않을 만큼 좋은 사람이야.

그럼 안녕. 안네가.

1944년 3월 3일 금요일

사랑하는 키티에게.

촛불을 바라보고 있으니 마음이 평온해지고 행복해졌어. 촛불 속에 할머니께서 계시는 것 같아. 나를 늘 보호해 주고 감싸 주시는 할머니. 그리고 한 사람 더, 페터야.

오늘 감자를 가지러 위로 올라갔다가 냄비를 안고 내려올 때부터 페터와 이야기를 나누었어. 예전처럼 부모님에 대한 이야기가 아니라 책과 전쟁 이전의 생활에 대해 이야기했지. 그의 눈에는 예전보다 더 따스함이 담겨 있었어. 어쩐지 그를 사랑하게 된 것 같아.

오늘 밤에는 사랑에 대해 이야기했어. 나는 페터의 방에 갔는데 너무 더워서 말했어.

"기온을 알고 싶으면 내 얼굴을 보면 돼. 추우면 얼굴이 새파래지고 더우면 빨개지니까."

그랬더니 그가 물었어.

"사랑 때문에 더운 거야?"

"뭐? 내가 왜 사랑을 해?"

바보 같은 질문이지?

"사랑이 나쁜 건 아니잖아."

페터가 말했어.

오늘 나는 마음을 굳게 먹고 페터에게 내가 너무 말이 많다고 생각하느냐고 물어보았어. 그랬더니 페터는 내가 말하는 걸 좋아한다고 대답했어. 아무튼 우리 둘 다 조금씩 서로를 이해하고 있는 것 같아. 이제 하루에 두 번 정도는 페터가 내게 의미 있는 눈짓을 하고, 나는 윙크로 대답해. 그러면 우리 둘 다 행복해져.

그럼 안녕. 안네가.

1944년 3월 4일 토요일

사랑하는 키티에게.

오늘은 몇 달 만에 처음으로 지루하지도, 따분하지도 않은 토요일이었어. 바로 페터 덕분이야.

오늘 아침, 앞치마를 널려고 다락방에 올라갔더니 아빠가 계셨어. 아빠는 큰 소리로 디킨스 작품을 읽어 주셨어. 페터와 아주 가까이에 앉아 있던 나는 마치 하늘나라에 있는 것처럼 행복했어.

11시에 아래층으로 내려왔다가 30분쯤 후에 다시 위층으로 올라갔더니, 페터가 계단으로 나와 날 기다리고 있었어. 우리는 1시 15분 전까지 이야기를 나누었어.

가끔 내가 방을 나갈 때, 그가 이렇게 말하곤 해.

"잘 가, 안네. 또 만나."

그 말을 들을 때면 무척 기뻐! 페터가 결국 나와 사랑에 빠지는 것 아닐까? 아무튼 그는 정말로 좋은 사람이고, 내가 그와 얼마나 다정하게 이야기를 했는지는 아무도 모를 거야!

판 단 아주머니는 내가 페터 방에 가서 함께 이야기하는 것을 흔쾌히 허락하셨는데, 오늘은 성가시게 물어보셨어.

"거기 위에 함께 있는 너희 둘을 믿어도 되겠니?"

"물론이죠. 그런 말은 저를 모욕하시는 거예요!"

나는 온종일 페터와 만나기를 고대하고 있어.

그럼 안녕. 안네가.

1944년 3월 7일 화요일

사랑하는 키티에게.

재작년 1942년을 떠올리면 정말 꿈만 같아. 그때 천국에서 살던 안네 프랑크와 지금의 은신처에 갇혀 사는 안네는 다른 사람 같아.

그때 생활은 정말 천국 같았어. 친구가 스무 명 정도 있었고, 학교에서는 선생님들의 귀여움을 받고, 집에서는 응석을 부렸어. 간식도 용돈도 듬뿍 받아 더 바랄 것이 없을 정도였어. 난 깜짝했

고 애교도 넘쳤고 공부도 열심히 했어. 잘난 척도 하지 않았지. 학교에서는 항상 재미있는 장난을 생각해냈고, 말괄량이에 늘 밝은 모습이었어. 모두 나와 친해지고 싶어 했던 건 당연했어.

이런 안네 프랑크의 모습은 지금 얼마나 남아 있을까? 아직 웃음을 잃지 않았고, 재치 있는 대답도 하지만 문제는 그런 게 아니야. 나는 하룻밤, 혹은 며칠, 일주일이라도 그런 생활을 다시 해보고 싶어. 왜 그때는 행복하다고 느끼지 못했지? 이제 그런 평화로운 한때는 두 번 다시 돌아오지 않을 거야.

재작년부터 올해까지 생활을 돌아보니, 은신처에 온 후로 모든 것이 변해 날마다 말다툼만 하고 있어. 작년 초반에는 외로워서 우울해하기도 했지만 점차 나아졌어. 나 자신을 원하는 대로 변화시킬 수 있다는 걸 알게 되었기 때문이야. 그리고 아빠에게도 내 속마음을 터놓을 수 없다는 걸 느꼈기 때문이기도 해. 그러면서 사람을 믿을 수 없게 되었어.

그런데 이젠 달라. 꿈만 같은 일이지. 이성 친구에 대한 그리움과 행복을 알게 되었어. 지금은 오로지 페터 생각만으로 지내고 있어.

밤에 잠자리에 누우면서 기도해.

"선한 것, 아름다운 것, 사랑스러운 것을 이 세상에 주셔서 감사드립니다."

이렇게 은신처에서 살아갈 수 있다는 것, 건강하다는 것이 얼마나 멋진 일인지 생각해. 또 페터를 향한 내 사랑에 대해서도 생각하지. 사랑, 미래, 행복처럼 이 세상을 의미 있게 하는 것, 아름다움에 대해서도.

나는 어떠한 불행 속에서도 항상 아름다움을 찾으려고 노력해. 아름다움을 찾을 생각만 있다면 행복과 마음의 평화도 얻을 수 있다고 믿어. 그리고 행복한 사람은 다른 사람도 행복하게 해 주지.

그럼 안녕. 안네가.

1944년 3월 10일 금요일

사랑하는 키티에게.

계속해서 불행이 밀려들고 있어. 우선 첫 번째는 미프가 병이 나고 만 거야. 교회에서 열린 결혼식에 참석했는데, 너무 추워서 덜덜 떨었대. 그러더니 병이 나고 말았대. 두 번째는 클레이만 씨의 건강이 갑자기 더 나빠져 버린 거야. 세 번째는 어떤 사람이 경찰에게 잡혀간 거야. 그를 M이라고 부를게. M이 잡혀간 건 우리에게도 큰 불행이야. 감자와 버터, 잼 등을 M에게 샀었거든.

어제 또 공포에 떨 만한 일이 있었어. 저녁 식사를 하고 있는데 누군가 옆의 벽을 두드린 거야. 그 이후 모두 조용히 입을 다물고 있어.

요즘 은신처에서 일어나는 갖가지 일들에 대해 전혀 신경 쓰고 싶지 않아. 그보다 내 문제가 더 중요하니까. 화요일부터 목요일, 4시 반부터 5시 15분 정도까지는 다른 사람의 방해를 받지 않고 페터와 이야기할 수 있어. 이 시간이 내게는 무엇보다 소중해. 페터도 나만큼이나 기뻐하는 것 같아서 좋아.

그럼 안녕. 안네가.

1944년 3월 14일 화요일

사랑하는 키티에게.

오늘 우리가 무엇을 먹으려고 했는지 이야기할게. 지금 은신처에 오기 전에 샀던 고급 향수를 뿌린 손수건으로 코를 막고 있어.

우리에게 몰래 식량 배급표를 구해다 주던 사람이 잡혀간 뒤로 우리는 다섯 명분의 배급표밖에 받지 못했어. 그래서 버터와 마가린을 살 수 없었어. 게다가 미프와 클레이만 씨는 병에 걸렸고, 베프는 시간이 없어 물건을 사지 못했어. 최악의 상황이 닥친 거야.

아침 식사 때 빵을 아끼려고 감자를 먹었는데, 그마저도 이제 당분간은 구경할 수 없을 거야. 그러면 남은 음식이라곤 오트밀뿐이야. 판 단 아주머니는 이대로 가다간 굶어 죽고 말 거라고 했어.

간신히 손을 쓴 덕분에 지방을 빼지 않은 우유를 샀어. 그리고 오늘 밤에는 양배추를 넣은 고기 요리를 만들었어. 2년 넘게 통속에 들어 있던 양배추가 온전할 리 없었지. 그래서 지금 손수건으로 코를 틀어막고 있는 거야. 악취가 진동하거든. 앞으로 이런 걸 계속 먹어야 한다고 생각하면 벌써 속이 메스꺼워.

전쟁도 벌써 4년째야. 오랜 은신처 생활에 모두 짜증스러워하고, 걸핏하면 화를 내. 은신처 사람들은 대체로 이런 생각들을 하고 있어.

판단 아주머니: 이제 요리가 즐겁지 않아. 아무것도 하지 않고 있는 게 지겨워서 요리를 할 뿐이지. 기름이 없으니 제대로 된 요리도 못 하고, 그 지독한 냄새는 맡을 때마다 속이 메스꺼워져. 그런 걸 참고 요리를 해 봐야 다들 불평불만을 늘어놓을 뿐이야. 전쟁이 끝날 기미가 보이지 않으니, 결국 독일군이 승리할지도 몰라. 그사이에 우리는 굶어 죽고 말겠지.

판단 아저씨: 담배만 있으면 나는 괜찮아. 그러면 먹는 것, 정치, 집사람의 기분 따윈 아무러나 좋아. 그런데 담배가 떨어지면 나는 제정신이 아니야. 이렇게 사는 건 사람이 사는 거라고 볼 수 없어. 모든 게

마음에 들지 않아. 이런 상황이 계속되면 서로 싸우기밖에 더하겠어?

프랑크 부인: 호밀빵이 먹고 싶어. 내가 만약 판 단 부인이라면 진작 남편이 담배를 끊게 했을 거야. 머리가 어질어질해. 영국군은 실수하고 있긴 하지만 그래도 상황은 나아지고 있는 것 같아. 지금 폴란드에 있지 않은 것만으로도 감사해야지.

프랑크 씨: 아무 문제 없어. 무슨 일이 일어나든 개의치 않아. 시간은 충분하니 여유롭게 지내면 돼. 감자라도 먹을 수 있는 게 어디야. 내 몫은 베프에게 줘. 전쟁은 점차 나아지고 있지.

뒤셀 씨: 오늘 일만 생각해야 해. 전쟁은 나아지고 있어. 우리는 잡힐 리 없어.

그럼 안녕. 안네가.

1944년 3월 17일 금요일

사랑하는 키티에게.

결국 우울한 상황에서 벗어났어. 감기에 걸려서 회사에 올 수 없다고 했던 베프도 다 나았대. 퀴흘레르 씨는 엿새 동안이나 참호를 파는 일에 징집되었었는데 의사의 진단서를 내고 면제받았어.

은신처의 분위기는 평화로운 편이야. 문제가 있다면 언니와 내가 엄마, 아빠의 과잉보호에 좀 질렸다는 것 정도야. 여전히 나는 엄마와 아빠를 사랑해. 하지만 나도 내 스스로 일을 결정할 정도의 나이는 되었고, 가끔 독립을 원해.

엄마는 내가 4층에만 올라가면 무엇 때문에 올라가느냐고 묻고, 매일 오후 8시 15분이 되면 잠잘 준비를 하라면서 내가 무슨 책을 읽는지 전부 검사해. 엄마가 허락하지 않아서 읽지 못한 책은 거의 없지만.

언니도 나와 같은 생각이야. 어젯밤에는 완전히 항복이라는 투로 이런 말까지 했다니까.

"정말 질렸어. 조금만 한숨 쉬고 머리에 손을 대기라도 하면 머리가 아프냐, 기분이 좋지 않으냐, 일일이 따져 물으시니까."

곰곰이 생각해 보니, 예전에 우리 가족이 가졌던 애정과 신뢰가 은신처에 살면서부터 완전히 사라져 버린 듯해. 이건 정말 충격이지만, 그럴 수밖에 없었던 건 부모님께서 우리를 어린애 취급해서 우리가 비뚤어진 행동을 했기 때문이야. 나는 열네 살밖에 되지 않았지만, 나름대로 내 희망과 판단력도 있어. 내 의견도 있고 이상도 있지. 누군가를 사랑하려면 그 사람을 존경하는 마음이 있어야 하는데, 엄마에게서는 그런 걸 찾을 수 없어. 하지만 페터는 달라. 페터는 착하고 아름다운 사람이야.

14
변하는 우리의 관계

1944년 3월 19일 일요일

사랑하는 키티에게.

어제는 최고의 날이었어. 페터와 나는 많은 이야기를 나누었어. 은신처 사람들의 말다툼, 우리의 관계, 부모님에 대한 이야기까지 말이야. 정말 멋있고 행복한 밤이었지. 페터도 나를 좋아하게 된 게 분명해. 이제 정말 페터와 내가 비밀을 나눠 가졌다는 느낌이 들어.

페터가 웃음기 어린 눈으로 나를 바라보며 윙크할 때면, 내 마음속에 작은 빛이 켜지는 것 같아. 이런 느낌이 계속되기를 바랄 뿐이야. 앞으로 더 멋진 시간을 보낼 수 있다면 좋을 텐데.

그럼 안녕. 안네가.

1944년 3월 20일 월요일

사랑하는 키티에게.

내게 조그만 걱정거리가 생겼어. 언니도 오래전부터 페터를 무척 좋아하는 것 같았거든. 언니가 얼마나 그를 좋아하는지 알 수는 없지만, 내가 페터와 함께 있을 때마다 언니는 고통스러울 거야. 그런데 이상한 점은 언니가 거의 내색하지 않는다는 거야. 나라면 질투가 나서 못 견딜 텐데, 언니는 자기를 동정할 필요 없다고 말했어. 그리고 덧붙여서 다소 쓸쓸하게 말했어.

"나는 그런 것에 익숙해."

나는 아직 이 일을 페터에게 말할 생각은 없어. 그보다 먼저 해야 할 이야기들이 산더미처럼 쌓여 있으니까.

어젯밤 엄마에게 약간 꾸지람을 들었어. 그럴 만도 했지. 엄마에게 너무 무심하면 안 되는데. 여러 가지 엄마에게 할 말은 많지만 어쨌든 다정하게 대하도록 다시 한 번 노력해야겠어.

요즘은 아빠조차도 달라졌어. 아빠는 나

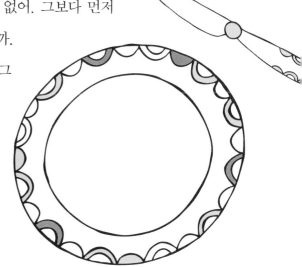

를 어린애 취급하지 않으려고 애쓰시는데, 그 모습이 훨씬 차갑게 느껴져. 앞으로 어떻게 될까?

오늘은 이만 쓸게. 페터 일로 머릿속이 가득 차서 그를 바라보는 것 말고는 아무것도 할 수가 없어!

아, 언니가 착한 사람이라는 걸 보여 줄 증거로 언니가 보낸 편지를 소개할게.

안네에게.

오늘 네게 질투 따위는 하지 않는다고 한 말은 절반 정도는 사실이 아니야. 나는 너와 페터에게 질투를 하는 건 아니지만, 단지 마음을 터놓고 이야기할 친구가 없다는 게 아쉽고 슬플 뿐이야. 하지만 어쩔 수 없는 상황이니까 불평하지 않기로 했어.

아무튼 나는 페터와 친해질 수 없어. 내가 마음을 터놓을 만한 사람은 포용력이 넓었으면 하거든. 내가 말을 많이 하지 않아도 날 이해해 줄 만한 사람이어야 해. 결국 나보다 훨씬 지적이어야 한다는 거지. 그런데 아쉽게도 페터는 그렇지는 않잖아. 페터는 너와 잘 어울리는 것 같아.

원래 내 친구를 네가 가로챈 게 아니니까 내게 조금도 미안해할 필요 없어. 너와 페터는 많은 걸 얻을 수 있을 거야.

나는 이런 답장을 보냈어.

마르고 언니에게.

언니의 다정한 편지는 고맙게 잘 받았어. 그렇지만 여전히 마음이 가볍지는 않아. 앞으로도 그럴 것 같아.

지금 나와 페터는 언니가 생각하는 것만큼 마음을 깊이 터놓은 사이는 아니야. 단지 창가의 그늘에 서 있으면 밝은 대낮에 이야기하는 것보다 이야기가 잘 되는 정도야.

아마 언니는 페터에게 누나나 여동생 같은 친근함을 느꼈을 거고, 나처럼 그를 위로해 주고 싶었을 거라고 생각해. 아니면 머잖아 그런 마음을 갖게 될지도 모르고.

나는 아빠에게 도저히 속마음을 모두 털어놓을 수 없어. 신뢰는 함께 쌓아 가는 거라고 생각하는데, 아빠는 내게 속마음을 털어놓지 않잖아.

만약 언니가 나중에 뭔가 원하는 게 생기면 편지에 써 줘. 나는 편지를 쓰면 좀 더 솔직히 내 마음을 전할 수 있어.

언니는 잘 모르겠지만, 난 언니를 정말 존경해. 언니와 아빠의 좋은 점을 닮으면 좋을 텐데.

안네가.

1944년 3월 22일 수요일

사랑하는 키티에게.

어젯밤 또 언니에게 편지를 받았어.

사랑하는 안네에게.

어제 네 편지를 읽고 나서 네가 페터에게 갈 때마다 내게 미안함을 느끼는 건 아닐까 걱정스러웠어. 그렇지만 정말 그럴 것 없어. 내도 누군가를 믿고 마음을 터놓을 친구가 있으면 좋겠다고 생각하지만 페터는 그 상대가 아니야. 네 말처럼 남동생 같은 느낌은 들지만 말이야. 이제까지는 그렇지 않았지만, 나중에는 누나와 남동생 같은 친밀감도 생길지도 몰라. 하지만 지금은 아닌 게 확실해. 그러니 나를 동정할 필요는 없어. 너는 네 우정을 최대한 즐기면 되는 거야.

은신처 생활은 나날이 좋아지고 있어. 정말 이곳에서 사랑을 하게 될지도 모르겠어. 가끔 은신처에서 계속 살다간 안네와 페터가 결혼할지도 모르겠다는 놀림을 받아. 하지만 키티, 그럴 생각은 절대 없으니 염려 마. 그가 어떤 어른이 될지, 우리가 결혼할 정도로 사랑하게 될지 모르는 거니까.

188

부모님께서 싸우실 때 내게서 위로를 받는다는 페터의 말은 정말 기뻐. 그는 진심으로 나를 반겨 주고 내가 놀러 가면 좋아해. 그는 잘생겼고, 웃는 얼굴도 멋있어. 착하고 너그럽지. 아마 그는 내가 겉보기처럼 수다스러운 아이가 아니라 자기처럼 고민 많은 소녀라는 걸 안다면 굉장히 놀랄 거야.

그럼 안녕. 안네가.

다음은 내가 언니에게 보낸 답장이야.

◎ ◎ ◎

마르고 언니에게.

나는 이대로 지내는 게 좋다고 생각해. 페터와 내가 앞으로 어떻게 될지는 머잖아 결정될 거야. 어느 쪽이 될지는 나도 잘 모르겠어.

만약 페터와 내가 정말 좋은 사이로 발전하면 꼭 이 말은 할 거야. 언니도 너를 좋아하고, 도와주고 싶어 한다고 말이야. 페터도 아마 언니를 절대 나쁘게 생각하지 않을 거야.

용기를 내. 언니도 나처럼 좋은 친구를 만날 수 있을 거야.

안네가.

◎ ◎ ◎

189

1944년 3월 24일 금요일

사랑하는 키티에게.

요즘 저녁 식사 후에 자주 페터의 방에 올라가 신선한 밤공기를 마시며 쉬고 있어. 그곳에서 페터와 함께 창 밖을 바라보면 굉장히 기분이 좋아.

그렇지만 판 단 아저씨나 뒤셀 씨는 내가 페터의 방에 갈 때마다 한마디씩 해. 그곳을 '안네의 별장'이라고 부르면서 "젊은 남자가 어두침침한 방에 젊은 여자애를 들이는 게 옳은 일일까?" 하고 말이야. 엄마도 내가 페터의 방에 자주 가는 걸 걱정스러워하서. 만약 우리가 모두를 무시하는 듯한 태도를 보이지 않았다면 무슨 수를 써서든 어떤 이야기를 하는지 알아내려고 했을 거야.

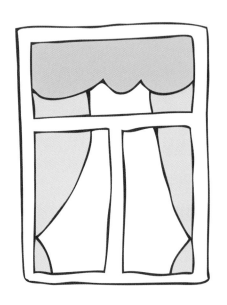

페터는 모든 걸 한마디로 정리해 버렸어.

"그건 어른들의 질투야. 우리가 젊고, 또 어른들의 잔소리에 개의치 않기 때문이지."

가끔 그가 3층까지 마중 나올 때마다 나는 얼굴이 빨개져서 말도 제대로 못 하겠어.

또 하나 마음에 걸리는 건 언니야. 내가 위층에서 페터와 지낼 때 언니는 아래층에서 혼자 쓸쓸히 있어야 해. 그렇지만 언니와 함께 올라가서 분위기가 어색해지는 건 곤란해.

페터와 내가 갑자기 친해지니 주위 사람들이 유난을 떨고 있어. 5년쯤 전쟁이 더 지속되면 우리가 결혼할지도 모르겠다는 말을 도대체 몇 번이나 했는지 모르겠어. 하지만 우리는 이런 이야기쯤은 신경 쓰지 않기로 했어. 부모님은 자신들이 젊었을 때의 일을 잊어버렸나 봐.

아무튼 우리 사이가 앞으로 어떻게 변할지 모르겠지만, 조금 더 친해지면 함께 있는 것만으로도 즐거울 거야.

그럼 안녕. 안네가.

1944년 3월 27일 월요일

사랑하는 키티에게.

은신처에서 가장 중요한 이야기는 정치에 관한 거야. 그렇지만 나는 이 문제에 별로 관심이 없어. 그래도 오늘만큼은 정치에 관한 이야기를 써야겠어.

은신처 밖의 사람들은 우리에게 여러 가지 소식을 전해 주지만 그중에는 헛소문도 많아. 얀, 미프, 클레이만 씨, 베프, 퀴흘레르 씨 모두 이랬다 저랬다 갈팡질팡하고 있어.

요즘은 독일군이 발표한 전쟁 보고와 영국의 BBC 방송으로도 모자라 '특별 공습 정보'까지 방송하고 있어. 영국군은 밤낮으로 공습을 멈추지 않고, 독일도 허위 선전을 하고 있어. 그래서 우리는 오전 8시 전부터, 오후에는 11시까지 라디오를 끄지 않아. 하루에 한두 번만 들어도 충분할 텐데 어른들은 따분한 일을 끊임없이 하고 있어.

안네가.

1944년 3월 28일 화요일

사랑하는 키티에게.

오늘은 너무 할 이야기가 많아.

첫째, 엄마가 판 단 아주머니의 시샘을 받으니까 너무 자주 위에 올라가지 말라고 하셨어.

둘째, 페터가 언니에게 위층에서 함께 시간을 보내자고 했대. 이게 진심인지 예의를 차리려는 건지 잘 모르겠어.

셋째, 판 단 아주머니가 질투하는 걸 어떻게 생각하는지 아빠에게 물어보았어. 아빠는 신경 쓸 필요 없다고 하셨지.

그리고 엄마의 기분이 많이 안 좋아지셨어. 내게 뒤셀 씨와 내 방에서 공부하라고 하시며 위층에 올라가지 말라고 하신 거야. 아마 질투하시나 봐. 그렇지만 아빠는 페터와 내가 친하게 지내는 걸 좋은 일이라며 격려해 주서. 언니도 페터를 좋아하는데, 두 명이 친구가 될 수는 있어도 세 명은 힘들 거라고 생각하는 듯해.

엄마는 페터가 나를 사랑한다고 생각하서. 난 그게 사실이었으면 좋겠어. 그럼 우린 서로 같은 입장에서 서로 이해할 수 있을 테니까 말이야.

어제 페터에게 최대의 찬사를 들었어. 페터는 내게 자주 웃어 보라고 해. 그런데 어제는 그 이유가 궁금해서 그에게 물어보았어.

"네 웃는 모습이 좋으니까. 웃을 때 보조개가 생기잖아."

"보조개는 내 유일한 매력 포인트야."

"유일하다니. 네가 얼마나 예쁜데."

"거짓말하지 마. 나도 내가 예쁘지 않은 것쯤은 알아."

"아니야. 말 그대로 넌 예뻐."

그래서 나도 그를 칭찬해 주었지.

그럼 안녕. 안네가.

1944년 3월 29일 수요일

사랑하는 키티에게.

런던의 네덜란드 어 방송에서는 전쟁이 끝나면 전쟁 중에 국민이 쓴 일기와 편지를 모아 책을 만들겠다고 했어. 그렇게 되면 틀림없이 내 일기에도 관심을 가질 거야. 은신처에서 일어난 여러 가지 사건이 책으로 발표되면 얼마나 재미있을까?

전쟁이 끝나고 10년쯤 지난 후 우리 유대인들이 어디에서 무엇을 먹고 어떤 이야기를 나누며 지냈는지 알게 돼도 별다른 느낌을 받지 못할지도 몰라. 내가 쓰는 이야기들은 우리 생활의 아주 작은 부분에 불과해. 공습이 시작되면 얼마나 무서운지, 전염병이 얼마나 많이 번지고 있는지 일일이 설명하려면 온종일 써도 부족할 거야.

일일이 줄을 서지 않으면 무엇 하나 살 수 있는 게 없고, 어린아이들은 옆집에 숨어들어 손에 잡히는 대로 뭐든 훔쳐 가. 신문에는 매일 잃어버린 물건을 찾는다는 광고가 나오고, 거리의 전자시계는 물론이고 공중전화도 모조리 사라졌어. 갑자기 세상에 도둑들이 들끓고 있어. 연합군의 상륙작전은 언제쯤 시작될지 모르고, 남자들은 독일로 끌려가. 아이들은 병에 걸렸거나 영양실조로 주린 배를 움켜

1944년 식량 사정이 악화된 네덜란드에서 먹을 것을 나르는 여인들

쥐고 있어.

이런 상황이지만 한 가지 희망이 있는 건, 식량 사정이 악화되자 파업이 잦아진 거야. 공무원이나 경찰관은 시민을 몰래 도와주는 파와 체포하는 파로 나뉘어 있지만, 체포하는 파는 얼마 되지 않는대.

그럼 안녕. 안네가.

1944년 3월 31일 금요일

사랑하는 키티에게.

아직 제법 추운데 사람들 대부분은 벌써 한 달이나 불을 때지 못하고 있어.

러시아 전선은 상황이 좋아졌어. 굉장한 성과를 올리고 있대. 소련군은 반격을 시작해서 폴란드 국경까지 진격했고, 일부는 루마니아 근처까지 갔대. 매일 밤 은신처 사람들은 스탈린이 새로운 성명을 발표하기만을 기다리고 있어. 헝가리는 독일군이 점령했어. 그곳에 남아 있는 백만 명의 유대인은 지금쯤 얼마나 큰 고통을 받고 있을까.

오늘은 판 단 아저씨의 생일이야. 아저씨에게 담배 두 갑과 커

이오시프 스탈린

1879년에 태어난 옛 소련의 정치가인 이오시프 스탈린은 청년 시절부터 혁명 활동에 뛰어들었어요. '스탈린'이란 이름은 그의 필명으로, '강철의 사나이'라는 뜻이에요. 1903년부터 볼셰비키에 들어가 러시아의 11월 혁명의 중심 인물인 레닌의 영향을 많이 받았어요. 그는 1924년부터 1953년까지 소비에트 연방의 독재자로 그 위세를 떨쳤으며, 제2차 세계 대전 당시 연합국이 승리를 거두는 데 큰 영향을 끼쳤어요.

피콩을 조금 드렸어. 퀴흘레르 씨는 음료를, 미프는 정어리 통조림을, 우리 가족은 꽃 몇 송이와 포도, 딸기 파이를 선물했어.

요즘은 이곳 사람들이 페터와 내 사이에 대해 별다른 말을 하지 않아. 오늘 밤에는 페터가 나를 데리러 오기로 했어. 우리는 친한 친구가 되어 항상 함께하고, 모든 일을 의논해. 제일 기쁜 건, 조금 민망한 이야기를 해도 다른 남자아이들과 이야기할 때처럼 불편하지 않다는 거야. 예를 들면, 월경에 대한 이야기도 스스럼없이 할 수 있어. 페터는 여자들이 매달 피를 흘리지만 의연한 모습을 보면 대단하다고 생각한대.

은신처 생활이 즐거워지고 있어. 하느님은 날 버리지 않으셨고, 앞으로도 그렇겠지.

그럼 안녕. 안네가.

이오시프 스탈린

1944년 4월 1일 토요일
사랑하는 키티에게.

꽤 좋아지긴 했지만 여전히 답답한 일이 많아. 내가 왜 이런 말을 하는지 짐작할 수 있겠지.

나는 오래전부터 그가 키스해 주길 기다려 왔어. 하지만 그는 전혀 그럴 기미가 보이지 않아. 아직 날 단순한 친구로만 보고 있는 걸까? 이 생각이 머리에서 떠나질 않아.

여전히 꿈속에서 느꼈던 페터르의 뺨의 감촉을 잊을 수 없어. 얼마나 멋지고 얼마나 행복했는지! 페터는 그런 걸 느끼고 싶지 않을까? 너무 부끄러워서 솔직하게 말할 수 없는 걸까?

불평은 이쯤에서 그만두고 침착하게 이성적으로 행동해야겠어. 그러면 내가 원하는 대로 저쪽에서 다가와 줄 거야. 지금까지는 왠지 내가 그를 쫓아다닌 것 같아. 항상 내가 위로 올라가고, 그가 내려오는 일은 거의 없었으니까. 물론 그도 날 이해해 주겠지.

그럼 안녕. 안네가.

1944년 4월 3일 월요일

사랑하는 키티에게.

오늘은 식량 문제에 대해 좀 적을까 해. 점점 더 먹을 것을 구하기 어려워지고 있거든. 이곳 은신처뿐만 아니라 유럽 전체가 이 문제로 심각한 상황이래.

은신처에 온 이후 지금까지 우리는 너무 오랫동안 한 가지 음식만 먹는 걸 반복해 왔어. 예를 들면, 상추밖에 구할 수 없어서 한동안 상추만 먹었던 적이 있어. 그다음은 시금치만 먹고, 시금치 다음은 양배추, 그다음은 오이, 토마토……. 이번 주에는 강낭콩과 완두콩을 넣은 수프, 감자, 가끔은 막 썩기 시작한 당근 그리고 다시 강낭콩이야.

제일 큰 즐거움은 일주일에 한 번 소시지 한 조각과 잼을 바른 빵을 먹는 거야. 이렇게 먹을 것이 줄어들고 힘들어져도 우리는 아직 살아 있고, 가끔은 즐기기도 해.

그럼 안녕. 안네가.

1944년 4월 5일 수요일

사랑하는 키티에게.

공부하는 데 목표가 없어서 방황하고 있어. 전쟁은 한참 뒤에야 끝날 것 같고, 그래서 전쟁이 끝나는 건 동화 속의 아름다운 이야기에 불과한 듯한 느낌마저 들어.

아까는 한참 페터 생각에 빠져 있었어. 페터와 함께 있을 때는 비참함이 드는 마음도 참을 수 있었는데, 밤이 되어 혼자 있게 되니 가슴이 터질 만큼 울음을 참을 수 없었어. 그래서 마룻바닥에 웅크리고 앉아 흐느껴 울어 버렸어.

한바탕 울고 나니 기분 전환이 된 것 같아. 지금은 바보가 되지 않기 위해 열심히 공부하고 있어. 그리고 기자가 되기 위해서 말이야. 기자야말로 내가 갖고 싶은 직업이야. 내가 쓴 글 중에는 괜찮은 것도 몇 개 있어. 내가 기자가 될 만한 재능이 있는지는 나중에 확실히 알게 되겠지.

전에는 그림을 잘 못 그리는 게 속상했지만 이제는 글을 자신 있게 쓸 수 있어서 다행이라고 생각해. 글을 쓸 수 있다는 건 보람된 일이야.

나는 주변의 모든 사람에게 도움이 되는 사람이 되고 싶어. 나는 죽은 후에도 영원히 기억되고 싶어. 그래서 나는 글 쓰는 재능을 주신 하느님께 감사드리고 있어. 글을 쓰는 동안에는 어떤 일도 잊고 새로운 용기를 얻게 돼.

한동안 '카디의 생애'를 썼지만, 요즘 손을 대지 못하고 있어. 하지만 용기를 내어 다시 시작해야지.

그럼 안녕. 안네가.

15
도둑 소동

1944년 4월 11일 화요일

사랑하는 키티에게.

머릿속이 너무 복잡해서 무엇부터 써야 할지 모르겠어.

일요일 오후 9시 반쯤 페터가 방으로 찾아왔어. 그러더니 아빠에게 어려운 영어 문장을 좀 가르쳐 달라고 물어보았어. 나는 언니에게 말했지.

"뭔가 틀림없이 숨기는 게 있어. 도둑이 든 거 아닐까?"

내 생각은 맞아떨어졌어. 도둑이 창고로 들어온 거야.

아빠와 판 단 아저씨, 페터는 급히 밑으로 내려가셨고, 언니와 엄마, 판 단 아주머니와 나는 무서움을 떨쳐 버리지 못하고 위층에 남아 있었어. 그런데 갑자기 아래층에서 쾅 하는 소리가 나더니 조용해졌지. 우리는 더 두려워졌어.

10시가 되자 드디어 계단을 올라오는 발소리가 들리더니 아빠와 판 단 아저씨가 들어오셨어.

"모두 불을 끄고 4층으로 올라가. 경찰이 올지도 몰라."

"무슨 일이 벌어진 거예요? 설명 좀 해 주세요."

두 사람은 아무 대답도 하지 않고 다시 아래로 내려갔어. 그리고 10분쯤 후 돌아와 두 명은 페터의 방 창가에서 망을 보고, 나머지 사람들은 문단속을 한 후에야 우리에게 자초지종을 설명해 주었어.

처음에 페터가 층계참에서 두 번 쾅쾅 하는 소리를 듣고 내려가니 문의 왼쪽 부분이 떨어져 나가 있었어. 당황한 페터는 3층으로 뛰어 올라와 남자들에게 알렸고, 네 명이 창고에 가 보니 마침 도둑들이 물건을 훔치고 있었어. 그 모습에 판 단 아저씨는 "경찰이다!"라고 소리쳤어.

당황한 도둑들은 허겁지겁 도망치고 말았는데, 문에 구멍이 나고 말았어. 순찰을 도는 경찰관들의 눈에 띄지 않게 널빤지를 대어 놓기만 했는데 그게 쓰러져 버리고 만 거지. 깜짝 놀란 네 명은 다시 한 번 널빤지를 대느라 애쓰는데, 갑자기 그 앞을 지나가던 부부가 손전등으로 창고 안을 비추었어. 그러자 네 명 중 한

명이 "빌어먹을"이라고 중얼거렸어. 그리고 그때부터 경찰인 척했던 네 명은 도둑으로 변신해 창고 안을 도둑이 침입한 것처럼 엉망으로 만들어 놓고 회전식 책장을 열고 안으로 도망쳐 왔어.

이것으로 제1부는 끝났어.

손전등으로 안을 비추어 본 부부는 경찰에 신고했을 거야. 이날은 일요일인 데다가 부활절◉이라 월요일까지 휴일이었어. 그래서 우리는 화요일 아침까지 옴짝달싹 못 했어. 불안감에 빠져 이틀 동안 꼼짝도 못 하고 지내는 게 얼마나 끔찍하던지.

그날 오후 11시까지 아무 소리도 들리지 않았어. 그런데 11시 15분쯤 아래층에서 발자국 소리가 사장실에서 부엌으로, 3층 계단으로 이어졌어. 그러더니 회전 책장이 덜컹거렸지. 모두 두려움에 떨며 이제 모든 게 끝났다고 생각했어. 우리 여덟 명과 우리를 도와주었던 사람들까지 합친 열다섯 명이 게슈타포에 끌려가는 모습이 눈앞에 떠올랐어. 회전 책장은 두어 번 더 덜컹거렸고, 이윽고 발소리는 멀어졌어.

일단 위기를 넘겼다고 생각한 우리는 너나 할 것 없이 온몸이 떨렸지만 움직이지 않았어. 11시 반까지 그 상태 그대로였어. 그러고 나서 집 안에는 아무 소리도 들리지 않았지만, 층계참 회전

◉
부활절 ⋯ 기독교의 축일로, 그리스도의 부활을 기념하는 날.

202

책장 바로 앞 전등이 하나 켜져 있었어. 책
장의 속임수가 발각되었을까? 아니면 경찰
이 전등을 *끄고* 가는 것을 잊었을까? 누군
가 다시 와서 *끄지*는 않을까? 누군가 밖에
숨어 상황을 지켜보고 있지는 않을까?

우리는 화장실도 갈 수 없어서 페터가 가
지고 있던 양철 휴지통에 볼일을 보았어.

12시, 일단 한숨 자기로 하고 누웠지만
냄새와 말소리, 숨소리, 거기에 두려움까지
밀려들어 잠을 이루기 힘들었어. 하지만 나
는 2시쯤 잠이 들어 한 시간 넘게 잤지만 그
후에는 이런저런 생각들 때문에 더 이상 잠
을 잘 수 없었어.

네덜란드국가사회주의자운동, NSB

제2차 세계 대전이 벌어지기 이전인 1930년대부터 네덜란드에서 활동한 정당을 '네덜란드국가사회주의자운동'이라고 하고, 줄임말로 'NSB'라고 불러요. 이들은 네덜란드 나치스의 성격을 띠고 있었고, 독일 나치스 정부에서 인정한 네덜란드의 유일한 정당이었어요. NSB는 나치스를 도와 네덜란드 내에서 활동하며 많은 유대인을 강제 수용소로 보냈어요. 이들은 전쟁이 끝난 후 재판을 통해 처벌받았어요.

나는 경찰이 나타날지도 모르는 상황에 대비해 마음의 준비
를 했어. 결국 그때가 오면 은신처 생활을 털어놓을 수밖에 없겠
지. 만약 경찰이 착한 네덜란드인이면 덮어 줄지도 모르지만, 독
일을 지지하는 NSB라면 어떻게든 그를 매수해야 할 거야.

"그렇게 되면 라디오를 부숴 버려야 해요."

판 단 아주머니가 한숨을 내쉬며 말하자, 판 단 아저씨도 맞장
구쳤어.

"안네의 일기도 발견될 거야."

아빠가 말하자, 누군가 그것도 태워 버리자는 말을 했어. 나는 경찰이 회전 책장을 덜컹거렸을 때만큼이나 놀랐지.

"절대 안 돼요! 일기장을 태워 버린다면 나도 함께 죽겠어요!"

나는 대답했지만, 아빠는 더 말씀이 없으셨어.

새벽이 되어, 클레이만 씨에게 전화로 부탁할 내용을 정리했어. 그간의 사정을 설명하고, 7시가 되면 누군가 보내 달라는 내용이었어. 또 타자기와 계산기는 숨겨 놓았고, 세탁물을 치우고, 사무실 안을 둘러봐 달라고도 했어.

클레이만 씨에게 전화를 건 이후, 모두 둘러앉아 한참 기다렸어. 경찰이든 누구든 말이야. 그리고 아래층에서 큰 발소리가 났어.

"얀이야."

"아니, 경찰이야."

이윽고 발소리가 이어지더니 누군가 은신처의 책장을 두드렸어. 미프와 얀이었지. 두 사람은 뒤죽박죽 엉망진창이 된 방 안으로 들어섰고, 우리는 기뻐 어쩔 줄 몰라 하며 그들을 환영했어.

얀은 얼른 뚫린 문을 두꺼운 널빤지로 막고 미프와 함께 도둑이 들었다고 신고하러 갔어. 미프는 창고의

문에서 야경 담당 슬레히르 씨가 남긴 쪽지를 발견했어. 그는 문에 구멍이 난 걸 발견하고 경찰에 알렸다고 써 놓았어. 얀은 그 사람의 집에 가기로 했지.

11시가 되어 얀이 돌아오자 우리는 모두 그간 벌어진 일을 들을 수 있었어. 슬레히르 씨는 어젯밤 주변을 순찰하다가 집의 문에 구멍이 뚫린 걸 보고 경찰을 불러 집 안을 둘러보았대. 그리고 얀이 신고하러 갔을 때 경찰들은 아직 아무것도 모르는 상황이었다는 거야. 경찰들은 화요일에 점검하러 오기로 했대.

돌아오는 길에 얀이 모퉁이의 채소 가게 주인 판 호펜 씨를 만나 도둑이 들었다는 이야기를 했더니, 그가 침착하게 말했대.

"알고 있어요. 어젯밤 아내와 둘이 그 앞을 지나가는데 문에 구멍이 나 있는 걸 발견했거든요. 그래서 손전등으로 안을 비추어 보았더니 도둑들이 놀라서 도망치는 것 같았어요. 경찰에 알리지는 않았어요. 당신들의 평소 행동을 생각하면 그렇게 하지 않는 편이 좋을 것 같아서요. 잘은 몰라도 뭔가 짚이는 게 있기도 하고요."

판 호펜 씨는 여기 우리가 살고 있다는 걸 눈치채고 있었던 거야. 그는 언제나 점심시간인 12시 반, 창고에 아무도 없을 때 감자를 가져다주는 좋은 사람이야.

얀이 돌아가고 1시가 되었을 때, 우리 모두는 잠시 눈을 붙였어.

은신처에 머물면서 지금까지 그날만큼 위험했던 적은 없었어. 이건 정말 하느님께서 도와주셨다고밖에 생각할 수 없어. 경찰이 우리의 비밀 책장 앞까지 와서도, 문 앞의 전등이 켜져 있었는데도 은신처를 발견하지 못했으니까.

이 사건 이후 은신처 사람들은 모두 좀 더 조심스럽게 행동하게 되었어. 페터는 매일 밤 정해진 시간에 집 안을 둘러보고, 9시 반 이후에는 물을 쓰지 않아.

우리는 쇠사슬에 묶여 살아야 하는 유대인이고, 어떤 권리도 누릴 수 없어. 하지만 이 지긋지긋한 전쟁도 언젠가 끝나는 날이 오겠지. 그렇지만 도대체 누가 우리에게 이런 고통을 준 거지? 누가 유대인을 다른 민족과 구별하게 한 걸까? 우리를 지금처럼 고통스런 상황에 몰아넣은 건 하느님이지만, 언젠가 다시 우리를 구원해 줄 분도 틀림없이 하느님일 거야.

전쟁이 끝난 후 유대인이 살아남아 있다면, 우리 유대인은 세상의 본보기로서 존경받게 될 거야. 우리는 평범한 네덜란드 국민도 아니고, 영국 국민도 아니고, 다른 어떤 나라의 국민도 아니야. 우리는 유대인일 수밖에 없고, 그러니 항상 유대인으로서 사명을 생각해야 해. 그렇지만 소동이 있던 날 밤, 나는 정말 어느 때보다도 간절히 진정한 네덜란드인이 되고 싶었어. 네덜란드를 사랑하고 이 나라의 언어와 국민을 사랑해.

만약 내가 하느님의 구원으로 살아남는다면, 훌륭한 삶을 살겠어. 꼭 세상을 위해, 인류를 위해 살 거야.

그럼 안녕. 안네가.

1944년 4월 15일 토요일

사랑하는 키티에게.

클레이만 씨는 다행히 병이 나아 가고 있대. 얼마 후에 진찰을 받아 보기로 했다는데, 내가 할 수 있는 건 수술을 하지 않게 해 달라고 기도하는 것뿐이야.

소련은 크림 반도의 절반 이상을 제압했어. 이탈리아의 카시노로 향한 영국군은 전혀 진전이 없어. 헤이그에서는 국민 등록 사무소에 폭탄이 떨어져 네덜란드의 전 국민이 새로운 신분증명서를 발행하고 있어.

그럼 안녕. 안네가.

207

16
어제와 또 다른 오늘

1944년 4월 16일 일요일

누구보다 사랑하는 키티에게.

어제 날짜를 기억해 줘. 내 인생에서 아주 중요한 날이거든. 모든 소녀에게 첫 키스를 받은 날은 분명히 멋진 날 아니겠어? 그래, 그래서 내게도 아주 중요한 날이야! 오른쪽 뺨에 하는 입맞춤이나 오른손에 하는 입맞춤은 이제 아무것도 아니야.

어떻게 갑자기 키스를 받게 되었냐고? 그래, 말해 줄게.

어제 오후 8시에 페터와 소파에 앉아 있었는데, 얼마 지나지 않아 그가 내게 팔을 둘렀어.

"조금만 비켜 줘. 내 머리가 선반에 부딪히겠어."

내 말에 그가 거의 구석자리로 옮겨 앉았고, 나는 그의 팔 밑으로 그의 등 뒤에 팔을 내려놓았어. 그랬더니 그의 팔이 내 어깨를 덮는 바람에 그가 나를 꼭 안은 것처럼 됐어. 우리는 다른 때도 비슷한 자세로 앉은 적이 있었지만, 어제처럼 그렇게 바짝 붙어 앉은 적은 없었어.

그가 나를 힘껏 끌어안아서 내 왼쪽 어깨가 그의 가슴에 닿자 내 심장이 너무 빨리 뛰어 꼼짝도 할 수 없었어. 그런데 그게 다가 아니었어. 그가 내 머리를 자신의 어깨로 끌어당겨 그의 머리가 내 머리와 닿았어. 5분쯤 지나서 내가 다시 똑바로 앉으려 하자, 그는 이내 내 머리를 두 손으로 꼭 잡고 다시 자신에게 기대게 했어. 아, 나는 말을 할 수 없을 정도로 기뻤어. 그는 내 뺨과 팔을 약간 어색하게 쓰다듬으며 내 머리카락을 만지작거렸고, 우리는 줄곧 머리를 맞대고 있었어.

키티, 그때 내 온몸을 휩쓴 느낌을 설명할 수가 없어. 말로 표현할 수 없이 행복했어. 그도 그랬을 거라고 믿어.

우리는 8시 30분에 일어났어. 페터는 집 안을 돌아다녀도 소리가 나지 않는 운동화로 갈아 신었어. 나는 그를 바라보며 그의 옆에 섰어. 그리고 어떻게 갑자기 그렇게 됐는지 모르겠지만, 그가 내게 키스를 했어. 내 머리를 거쳐 왼쪽 뺨에서 귀 쪽으로. 나는 급히 그의 손을 풀고 뒤도 돌아보지 않고 아래층으로 뛰어 내려왔어. 아직도 가슴이 두근두근 뛰고 있어!

그럼 안녕. 안네가.

1944년 4월 18일 화요일

사랑하는 키티에게.

모든 일이 순조로워. 어젯밤에 목수가 와서 철판을 집 앞문에 댔어. 아빠는 5월 20일까지는 소련과 이탈리아, 서유럽의 전선에서 대규모 작전이 전개될 거라고 하셨어. 하지만 나는 그럴수록 오히려 이곳에서 나갈 수 없을 것 같다는 상상을 해.

어제 열흘이나 미루어 두었던 여자의 몸에 대한 이야기를 페터에게 전부 해 주었어. 미묘한 이야기도 망설이지 않았어. 이야기가 끝날 무렵, 우리는 두 번째 키스를 했어. 입술 바로 옆에 한 그 키스는 뭐라 말할 수 없을 정도로 멋졌어.

길었던 겨울도 지나가고 우리는 기다리던 봄을 한껏 즐기고 있어. 4월은 정말 최고의 달인 것 같아. 덥지도, 춥지도 않고 이따금 촉촉한 비도 내려. 뒤뜰의 밤나무도 녹색으로 물들었고, 꽃들이 여기저기 모습을 드러내고 있어.

그럼 안녕. 안네가.

1944년 4월 25일 화요일

사랑하는 키티에게.

뒤셀 씨는 열흘째 판 단 아저씨와 말도 하지 않고 지내고 있어. 도둑이 든 후에 안전을 위해서 많은 규칙을 새로 정했는데, 뒤셀 씨가 보기에 못마땅한 것들이 있었나 봐.

매일 밤 9시 반에 페터와 판 단 아저씨가 마지막으로 집 안을 돌아본 후에는 아래층에 아무도 내려가지 않기로 했어. 또 오전 8시 전후와 오후 8시 이후에는 물을 쓰지 않고, 오전에 퀴흘레르 씨의 방에 불이 켜져 있을 때에만 창문을 열기로 했어.

"여기에서는 무엇이든 나와 상의하지 않아."

뒤셀 씨는 창문을 마음대로 열 수 없는 게 마음에 안 드나 봐.

나는 '탐험가 블루리의 모험'이라는 제목으로 아기자기한 동화를 썼어. 지금까지 이걸 읽어 본 세 사람 모두 재미있다고 칭찬했어.

내 감기가 언니와 부모님에게까지 옮겨 갔어. 페터에게만은 감기를 옮기고 싶지 않은데, 그는 나를 엘도라도라고 부르면서 키스하고 싶어 해.

그럼 안녕. 안네가.

1944년 4월 28일 금요일

사랑하는 키티에게.

아, 이제껏 나는 페터르의 꿈을 잊었던 적이 없어. 지금도 생각하면 뺨의 감촉이 떠올라. 페터와 함께 있을 때 몇 번 비슷한 감정을 느낀 적이 있긴 하지만 그때만큼 강렬하지는 않았어.

그런데 어제 보통 때처럼 페터와 침대 의자에 앉아 서로의 어깨에 팔을 두르고 있을 때였어. 그때 갑자기 평소의 안네는 사라지고 제2의 안네가 모습을 드러냈어. 평소의 안네는 조심스러운 데라곤 없고 앞뒤 생각 없이 굴고 익살스러운 안네인데, 제2의 안네는 열정적으로 사랑하는 안네였지.

그의 곁에 앉아 있는 동안 감상적으로 변해 눈물이 쏟아졌어. 눈물이 그의 바지로 뚝뚝 떨어졌지만 그는 전혀 움직이지 않았어. 그가 제2의 안네가 있었던 걸 알아차렸을까?

8시 반쯤 되자, 나는 일어나서 창 옆으로 갔어. 항상 작별 인사를 했던 곳이야. 그때 나는 여전히 떨고 있었어. 그가 가까이 다가오자 나는 그의 목에 팔을 감고 왼쪽 뺨에 키스했어. 그러고 나서 오른쪽에도 키스를 하려고 했는데 내 입술이 그의 입술과 그대로 겹쳐졌어. 우리는 다시 떨어지지 않을 사람처럼 계속 끌어안고 있었어.

페터도 정에 굶주려 있다가 난생처음 자신에게 상냥하게 대해

주는 여자아이를 발견했던 거야. 눈앞의 여자아이에게 또 다른 면이 있다는 것, 지금껏 친구 한 명 없었던 그가 자신을 있는 그대로 보여 주는 법을 알게 된 거야. 이제야 우리는 서로를 발견했어.

점점 내 안에서 의문이 생기고 있어. 이래도 되는 걸까? 이렇게 쉽게 감정에 빠져도 괜찮은 걸까? 내가 정말 충동적으로 행동해도 되는 걸까? 그렇지만 대답은 하나뿐이야.

"나는 너무 외로웠어. 오랫동안 나를 위로해 줄 누군가를 갈망했어. 그리고 이제야 겨우 그럴 만한 사람을 발견한 거야."

오전에 우리 두 사람은 보통 때처럼 행동해. 오후에도 마찬가지고. 하지만 밤이 되면 온종일 참았던 행복과 기쁨 속에서 우리는 서로만 생각하게 돼. 페터도 나도 아직 성인이 아니야. 과연 우리 둘은 앞으로 어떻게 될까?

나는 내가 두려워. 충동에 휩싸여 나를 성급하게 주고 있는 걸까? 감정과 이성을 항상 대립시켜야 하는 건 너무 어려운 일이야. 언젠가 적당한 시기가 오면 감정이든 이성이든 한쪽이 이기겠지만, 그때 내가 올바른 선택을 했다고 믿을 수 있을까?

그럼 안녕. 안네가.

17
아빠의 걱정

1944년 5월 2일 화요일

사랑하는 키티에게.

토요일 밤, 페터에게 우리의 관계를 아빠에게 이야기해야겠다고 말했어. 페터도 그렇게 하는 게 좋겠다고 말했어. 그가 바른 마음을 가진 사람이라는 걸 알게 되어 무척 기뻤어.

나는 아래로 내려가자마자 아빠에게 말을 걸었어.

"아빠도 짐작하고 계시겠지만, 페터와 함께 위층에 있을 때 제가 페터와 한참 떨어져 앉아 있을 거라고 생각하지는 않으시죠? 우리가 붙어 다니는 게 잘못되었다고 생각하세요?"

아빠는 조금 후에 말씀하셨어.

"잘못되었다고 생각하지는 않는다. 하지만 안네, 행동은 항상 조심해야 해. 여기는 생활공간이 상당히 제한되어 있으니……."

그 뒤에도 비슷한 이야기를 하셨어. 그런데 일요일 아침에 다시 나를 불러 말씀하셨어.

"안네, 네가 어제 한 말을 곰곰이 생각해 보았다. 그건 그다지 좋은 일이 아니다. 적어도 여기에서는. 아빠는 너희가 그냥 친한 친구 사이인 줄 알았다. 너, 페터를 사랑하니?"

"아니에요."

"아빠가 너희를 이해하는 건 알고 있겠지? 하지만 자제하는 게 좋겠다. 평범한 환경이라면 모르지만, 이런 상황에서는 좀 더 신경 써야 해. 안네, 페터에게 너무 빠지지 않도록 주의하렴."

"그럴 생각은 없어요. 하지만 아빠, 페터는 정말 착실해요."

아빠와 좀 더 이야기를 나눈 후 아빠가 페터와 이야기해 보기로 했어. 그리고 그날 아침, 다락방에서 페터가 아빠와 이야기해 보았느냐고 물어보았어.

"했어. 아빠는 우리가 잘못되었다고 생각하지는 않으신대. 하지만 항상 얼굴을 마주하고 있으니 조심해야 한다고 하셨어. 그렇지만 아빠는 우리가 이렇게까지 가까운 사이인 줄은 모르시나 봐. 우리 지금부터라도 친구로 지낼 수 있을까?"

"그럴 수 있어. 넌 어때?"

"나도 마찬가지야. 아빠에게 너를 믿고 있다고 말했고, 네게 그럴 만한 가치가 있다고 생각해."

"그렇게 생각해 주어서 고마워."

페터는 이렇게 말하면서 부끄러웠는지 얼굴이 빨개졌어.

그 뒤에는 다른 이야기를 했어. 후에 아빠와 페터는 이야기를 나눈 것 같았어. 월요일에 페터가 말해 주었어.

"너희 아빠는 우리의 우정이 머잖아 사랑으로 바뀔 수 있다고 생각하셔. 그렇지만 나는 반드시 자제하겠다고 말씀드렸어."

아빠는 밤에 내가 다락방으로 올라가는 걸 좋아하지 않으시지만, 나는 새삼스럽게 올라가는 걸 그만둘 생각은 없어. 페터와 함께 있는 게 즐겁기도 하지만 그를 믿는다고 말했으니 그걸 행동으로 보여 주고 싶거든.

뒤셀 씨를 둘러싼 사건은 어느 정도 해결되었어. 뒤셀 씨의 생일이었던 일요일에는 평화로운 시간을 보냈어.

그럼 안녕. 안네가.

1944년 5월 3일 수요일

사랑하는 키티에게.

정치에 대해서는 요즘 별다른 일이 없어. 머잖아 상륙 작전이 시작될 듯해. 연합군은 소련이 계속 공을 세우는 걸 지켜보고 있을 수만은 없을 거야. 지금은 소련도 전투를 중단한 상태지만.

보슈가 갑자기 사라져 버렸어. 지난주 목요일부터 그림자도 보이지 않아. 세상을 떠난 게 아닌가 싶은데, 그것 때문에 페터는 슬퍼하고 있어.

2주 전부터 토요일에는 오전 11시 반에 아침 겸 점심을 먹었어. 그렇게 하면 한 끼 식사가 절약되니까. 그런데 이제 매일 이렇게 지내야 해.

은신처에서 우리는 가끔 절망에 빠져 이렇게 묻곤 해.

"전쟁은 도대체 왜 하는 거지? 왜 인간은 서로 사이좋게 지낼 수 없는 거야?"

누구나 이런 의문을 갖지만, 해답은 아무도 몰라. 왜 인간은 한쪽에서는 대형 폭탄을 만들면서 다른 한쪽에서는 주택을 세우는 거지? 왜 전쟁에 쓸 돈은 있고, 가난한 사람들에게 쓸 돈은 없는 거야? 세계의 어느 곳에서는 먹을 게 남아돌아 썩는다는데 왜 한쪽에서는 사람들이 굶어 죽어야 하는 거야?

나는 전쟁의 책임이 정치가와 자본가에게만 있다고 생각하지 않아. 보통 사람들에게도 책임은 있어. 정말 전쟁이 싫었다면 들고일어나 혁명을 일으켰어야 했어. 인간에게는 파괴 본능이 있어. 죽이고 파괴하고 싶어 하는 본능 말이야. 이 마음을 바꾸기

전까지 전쟁은 끊이지 않을 거야.

이제껏 나는 가끔 우울하긴 했지만, 절망했던 적은 없어. 나는 다른 소녀들과는 색다른 경험을 하고 있다고 생각해. 어른이 되어서도 평범한 삶보다는 독특한 삶을 살겠어. 나는 많은 재능을 받았어. 밝고 명랑하면서 강인함도 있지. 날마다 나 자신이 정신적으로 성장하고 있다는 걸 느껴. 그러니 절망할 필요 없어.

그럼 안녕. 안네가.

1944년 5월 5일 금요일

사랑하는 키티에게.

아빠는 내게 화를 내고 계셔. 내가 이제 밤마다 다락방에 올라가지 않을 거라고 생각하셨나 봐. 나는 아빠에게 내 생각을 말하려고 하는데, 언니가 좋은 생각을 가르쳐 주었어. 한번 들어 봐.

아빠, 아빠는 제가 좀 더 신중하게 행동하길 바라셨을 거예요. 그래서 제 행동에 실망하셨겠지요. 하지만 제가 보통의 열네 살 소녀처럼 행동하길 바라셨다면 그건 잘못된 생각이에요.

재작년 7월부터 바로 몇 주 전까지 단 하루도 우리는 마음 편하게 지낸

적이 없어요. 제가 밤마다 얼마나 외로웠는지, 그래서 얼마나 울었는지 아신다면 제가 왜 위에 올라가고 싶어 하는지 이해하실 거예요.

저는 드디어 독립적인 한 사람의 인간이 되었다고 생각해요. 갈등과 눈물의 나날을 보낸 후 간신히 이렇게 되었어요. 아빠는 비웃을지도 모르겠지만, 저는 개의치 않아요. 저는 제가 독립된 인간임을 알고 있어요. 그래서 다른 사람에게 제 행동을 일일이 설명할 필요는 없다고 생각하지만, 이렇게 말하는 건 숨어서 몰래 딴짓을 한다고 오해하실지 몰라서예요.

저는 이제 제가 가고 싶은 길, 제가 옳다고 생각하는 길을 가고 싶어요. 절 평범한 열네 살의 소녀로 생각하지 말아 주세요. 고통스러운 일을 많이 겪은 후 저는 한층 어른스러워졌어요. 이제부터 지나간 일은 후회하지 않고, 할 수 있는 일을 열심히 할 생각이에요. 그러니 아빠가 어떻게 하든 절 막을 수는 없을 거예요. 단호하게 금지 명령을 내리시든지, 아니면 끝까지 저를 믿어 자유롭게 해 주시든지 둘 중 하나를 선택해 주세요.

그럼 안네가.

1944년 5월 6일 토요일

사랑하는 키티에게.

어제 아빠의 주머니 안에 하고 싶은 말을 적은 편지를 넣어 두었어. 언니가 그러는데 아빠가 그 편지를 읽고 나서 밤늦게까지 가슴 아파하셨대.

지금 쓰고 있는 이야기를 어느 정도 끝내려고 해. 완성되면 아빠 생일에 드릴 생각이야.

그럼 안녕. 안네.

1944년 5월 7일 일요일

사랑하는 키티에게.

어제 오후 오랫동안 아빠와 많은 이야기를 했어. 나도 아빠도 많이 울었어.

"지금까지 수많은 편지를 받았지만, 그렇게 가슴 아픈 편지는 처음이었다. 안네, 너는 지금까지 부모님의 사랑을 한 몸에 받으며 컸어. 너는 부당한 대우를 받고 있다고 생각할지 모르겠지만 그건 잘못된 생각이야. 안네, 부모를 오해하면 안 돼. 네가 그렇게 생각할 줄 정말 몰랐다."

아, 어쩌다 이런 잘못을 저지른 걸까. 정말 내 인생 최악의 실수야. 지금까지 나는 내 일에만 지나치게 얽매여 있었어. 지금까지 나를 위해 뭐든지 해 준 상냥한 아빠를 비난한 건 정말 말도 안 되는 일이야. 하지만 지금이라도 깨달은 게 다행이라고 생각해.

아빠는 나를 용서해 주셨어. 하지만 아빠의 그런 상냥함 때문에 나는 더 부끄러웠어. 아빠는 마치 자신이 잘못을 저지른 것처럼 편지를 불에 던져 태워 버리겠다고 하셨어.

나는 아직 배울 게 너무나 많아. 혼자 똑똑한 척, 잘난 척하지 말고 다른 사람을 무시하거나 비난하지 않는 것부터 배워야겠어. 나 자신을 돌아보니, 나는 부끄러워해야 하고 또 부끄러워하고 있어. 처음부터 다시 시작하고 싶은데 지금은 페터가 곁에 있으니 어렵지 않을 거야. 나는 외톨이가 아니니까. 그는 나를 사랑해 주고 있고, 나도 그를 사랑하고 있어.

나는 아빠를 본받아 나를 바꾸어 나갈 거야.

그럼 안녕. 안네가.

1944년 5월 8일 월요일

사랑하는 키티에게.

혹시 내가 예전에 우리 가족에 대한 이야기를 했던가?

아빠는 프랑크푸르트에서 태어나셨는데, 할아버지는 가난했지만 자수성가해서 은행을 가진 백만장자였고, 할머니는 유복한 집 안에서 태어나셨대. 그런데 할아버지가 돌아가신 후 재산이 줄어들고 제1차 세계 대전과 뒤이은 인플레이션 때문에 아빠는 거의 무일푼으로 파산하셨어. 그래도 전쟁 전까지는 부자 친척이 몇 명 있어서 풍족한 생활을 계속하실 수 있었어. 어제 식탁에서 프라이팬에 남은 음식을 모조리 드시면서 55년 동안 이런 일은 처음이라며 크게 웃으셨지.

엄마는 아빠만큼은 아니었지만 유복한 집안에서 자랐고, 아빠와의 결혼 파티에는 250명이나 되는 축하객들이 왔었대. 집안 식구들끼리 모여 만찬회 같은 걸 열기도 했고.

우리는 지금 도저히 부자라고 할 수 없어. 하지만 나는 모든 희망을 전쟁 후에 걸고 있어. 나는 더 넓은 세계를 접하며 가슴 설레는 일을 해 보고 싶어. 파리, 런던에서 공부하고 미술사를 전공하고 싶어. 그러자면 돈이 어느 정도 있으면 좋겠지.

오늘 아침에 미프가 토요일에 초대되었던 사촌 여동생의 약혼식 피로연 이야기를 들려주었어. 사촌 여동생의 집도 부유하고, 신랑의 집도 마찬가지래. 그래서 피로연에 나온 훌륭한 요리에 대한 이야기를 듣고 모두 군침을 삼켰어. 미트볼이 들어 있는 수프, 치즈 롤, 케이크, 포도주……. 이곳에서는 두 스푼의 오트밀과 시금치와 상한 감자, 양상추 같은 것들만 먹는데 말이야. 만약 우리가 그 파티에 갔다면 아마 음식이 하나도 남아나지 않았을 거야. 뭐, 음식만이겠어? 가구까지 모조리 먹어 치웠을지도 몰라.

그럼 안녕. 안네가.

인플레이션

경제 현상 중의 하나인 '인플레이션'은 돈의 가치가 떨어지고 물가는 치솟는 현상이에요. 예를 들어, 1,000원짜리 과자가 있었어요. 그런데 과자값이 1,500원, 2,000원으로 비싸져서 예전에 1만 원으로 과자 10개를 살 수 있었다면 이제는 2만 원이 있어야 과자 10개를 살 수 있어요. 안네의 아버지가 파산한 것은 돈을 빌려 주는 은행을 경영했기 때문이에요. 인플레이션으로 은행에서 돈을 빌릴 때와 갚을 때의 돈의 가치가 달라져 빌려 준 돈을 제값에 받지 못하는 상황이 된 거예요.

18
쌓여 가는 불안

1944년 5월 11일 목요일

사랑하는 키티에게.

요즘 나는 몸이 열 개라도 부족할 만큼 바빠서 공부할 시간이 없어. 우선 내일까지 『갈릴레오 갈릴레이』를 읽어야 해. 도서관에 반납할 때가 되었거든. 다음 주에 읽을 책도 있어. 두 번째는 『황제 샤를 5세』를 읽으면서 필기해 둔 내용을 바탕으로 계보와 도표를 만들어야 해. 세 번째는 여러 책에서 뽑아 정리해 둔 외국어 단어를 암기하고, 공책에 써야 해. 네 번째는 소중히 간직해 두었던 영화배우의 사진을 정리해야 해. 이건 시간이 좀 걸릴 거야. 그다음에는 테세우스, 오이디푸스, 오르페우스, 헤라클레스

등등 신화의 영웅들 이야기를 정리해야 해. 또 7년 전쟁에 대해서도 공부해야 하고.

할 일은 많은데 기억력에는 한계가 있어서 어떻게 해야 할지 모르겠어. 아, 또 있어. 성경 공부도 해야 하지. 키티, 네가 내 심정이 어떤지 알겠지?

너도 알다시피 나는 기자가 되고 싶고, 그다음에는 유명한 작가가 되는 게 내 장래 희망이잖아. 그런데 과연 이런 공부가 도움이 될까? 어쨌거나 전쟁이 끝나면 책 한 권을 쓰고 싶어. 완성하지 못한 글도 마무리해야 하고.

그럼 안녕. 안네가.

1944년 5월 13일 토요일

사랑하는 키티에게.

오늘은 아빠의 생일이야. 아빠가 엄마와 결혼하신 지 어느새 19년이 흘렀어. 태양은 올해 처음으로 눈부시게 빛나고, 뒤뜰의 마로니에가 잎이 무성해져서 작년보다도 아름다워.

클레이만 씨는 아빠에게 식물학자 린네의 전기를, 퀴흘레르 씨는 박물학자의 책을, 뒤셀 씨는 암스테르담과 관련된 책을 선물했어. 판 단 아저씨는 달걀, 맥주, 요구르트, 녹색 넥타이가 든

상자를 선물했지. 나는 장미를 드렸고, 미프와 베프는 빨간 카네이션을 준비했어. 또 맛있는 페이스트리 빵 50개도 도착했지.

아빠는 선물을 받고 매우 기뻐하셨어. 그래서 답례로 모두에게 생강 빵과 맥주, 요구르트를 대접하셨어. 그럼 안녕. 안네가.

1944년 5월 16일 화요일

사랑하는 키티에게.

오늘 판 단 아저씨와 아주머니가 말다툼을 벌였어. 그 내용을 한번 소개해 볼게.

◎ ◎ ◎

아주머니: 독일군이 대서양을 굳게 지키고 있고 영국군을 격파하기 시작했대요. 독일군이 그렇게 강하다니 정말 놀라워요.

아저씨: 정말 믿을 수 없을 정도야. 독일군이 그렇게 강하다면 결국 이기지 않을까?

아주머니: 그럴 것 같아요. 반대의 경우는 상상하기 어렵네요.

아저씨: 이제 대답하기도 귀찮아.

아주머니: 지금은 그렇게 말해도 결국 대답하고 말 걸요? 당신은 내 말
꼬리를 잡지 않고는 못 배겨 내는 사람이잖아요.

아저씨: 무슨 말을 하는 거야? 난 필요한 말만 해.

아주머니: 그래도 꼭 한마디씩은 하잖아요. 늘 자기주장만 옳다고 여
기면서. 늘 크게 빗나가는 예상만 하지만 말이에요.

아저씨: 이제까지 내 예상은 빗나간 적 없어.

아주머니: 거짓말 마요. 당신이 말한 대로라면 연합군의 상륙 작전은
진작 시작되었을 거고, 핀란드는 전쟁을 그만뒀겠죠. 이탈리아는 이
번 겨울에 항복했을 거고. 당신의 말 따위 아무도 듣지 않아요.

아저씨: 적당히 해. 언젠가는 내 말이 맞았다는 걸 알게 될 거야. 곧 깨
닫게 해 주지. 당신의 불평은 이제 지긋지긋해. 그렇게 늘 자기 좋을
대로만 말하다가는 언젠가 벌을 받을 거야.

나는 도저히 웃음을 참을 수 없었어. 엄마도 마찬가지였지. 페
터만 입을 굳게 다물고 있었을 뿐이야. 어른들은 참 어리석어.
남에 대해 이러쿵저러쿵 말하기 전에 자신들부터 뒤돌아보는 게
어떨까.

금요일 이후에는 다시 밤에 창문을 조금 열기로 했어.

그럼 안녕. 안네가.

1944년 5월 22일 월요일

사랑하는 키티에게.

20일에 아빠가 판 단 아주머니와 내기를 했다가 요구르트 다섯 병만 빼앗기셨어. 아직 상륙 작전이 시작되지 않았기 때문이야. 암스테르담의 모든 시민, 네덜란드의 전 국민은 연합군의 상륙 작전을 기다리며 이런저런 이야기를 나누고 희망을 걸고 있어.

모두 연합군의 눈부신 활약을 기대하고 있지만 사실 영국은 자기 나라와 자기 나라의 국민을 위해서만 싸우고 있어. 그런데 도 사람들은 네덜란드를 하루빨리 구하는 게 영국의 최우선 임무라고 생각해. 영국은 정말 상륙 작전을 하고 싶어 할까? 그렇지 않을 수도 있어. 다른 나라의 국민을 위해 희생하는 나라가 어디 있겠어. 영국도 그렇게는 하지 않을 거야. 언젠가 상륙 작전은 할 거고 전쟁에서 해방되기도 하겠지만, 그때를 결정하는 건 영국이지 다른 나라들이 아니야.

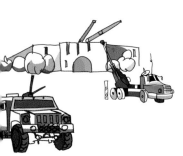

또 한 가지, 충격적인 소식을 들었어. 지하 운동을 하는 사람들 사이에서 예전에 네덜란드로 이주했다가 폴란드로 끌려간 독일계 유대인들은 나중에 네덜란드로 돌아오는 게 금지될 거라는 이야기가 돌고 있대. 네덜란드인들 사이에서도 유대인을 싫어하는 사람들이 많아지고 있다는 거야. 정말이지 세계에서 우리만큼 심한 박해를 받고 우리만큼 불행한 민족이 없는데, 왜 유대인

을 이토록 싫어하는 걸까?

지금 나는 한 가지 소망밖에 없어. 유대인에 대한 증오가 사라지는 것. 하지만 그렇지 않다면 네덜란드에 남아 있는 적은 수의 유대인들도 모두 이 나라를 떠날 수밖에 없을 거야. 나는 네덜란드를 사랑해. 조국을 갖지 못한 유대인인 나는, 이곳 네덜란드가 내 조국이 되기를 바라.

그럼 안녕. 안네가.

1944년 5월 25일 목요일

사랑하는 키티에게.

매일 새로운 일이 일어나고 있어. 오늘 아침 우리에게 채소를 공급해 주던 판 호펜 씨가 유대인 두 명을 그의 집에 숨겨 주었다는 이유로 체포되었어. 이 일은 우리에게 큰 충격이었어. 그 두 유대인뿐만 아니라 판 호펜 씨의 앞날도 정말 비참할 테니까.

세상이 뒤죽박죽되어 훌륭한 사람들은 집단 수용소로, 감옥으로, 독방으로 보내지고, 남아 있는 쓰레기 같은 사람들이 젊은 사

유대인은 왜 미움을 받았을까?

유대인이 유럽에서 박해를 받은 이유는 몇 가지가 있어요. 그중 가장 큰 이유는 유대인이 같은 유대인인 예수를 거부하고 당시 로마에서 이스라엘을 통치하러 온 빌라도 총독에게 예수를 모함하여 죽게 만들었기 때문이에요. 그리고 신이 특정한 민족이나 사람들을 구원하기 위하여 선택했다는 '선민사상' 때문이기도 해요. 유대인은 배타적인 종교관과 행동으로 오로지 유대인만 신에게 선택받았고 다른 민족은 선택받지 못했다고 믿었어요. 그 결과 유대교는 기독교와 충돌했고, 유럽의 유대인에 대한 뿌리 깊은 반감은 히틀러와 같은 인종 차별주의자에게 이어져 인류 최대의 학살이 자행되기까지 했어요.

아우슈비츠 강제 수용소의 희생자들

람이나 늙은 사람, 부유한 사람이나 가난한 사람 할 것 없이 모두를 지배하고 있어. 어떤 사람은 암시장을 거닐다가, 어떤 사람은 유대인이나 지하 운동을 했던 사람들을 도와주었다는 이유로 체포되었어. NSB 회원이 아닌 사람은 내일 무슨 일이 일어날지 몰라.

판 호펜 씨의 체포는 우리에게도 큰 손실이야. 당장 감자를 가져다줄 사람이 없으니 먹는 양을 줄일 수밖에. 어떻게든 대책을 세우겠지만 상황은 분명히 더 좋아지지 않을 거야. 엄마는 우리가 아침 식사를 다 같이 생략하고, 점심은 죽과 빵, 저녁은 튀긴 감자 그리고 일주일에 한두 번 정도만 채소나 상추를 먹자고 해서. 사실, 그 이상은 먹을 게 없어. 배가 고프긴 하겠지만, 어떤 상황이든 발각되는 것보다는 나아.

그럼 안녕. 안네가.

1944년 5월 26일 금요일

사랑하는 키티에게.

몇 개월 만에 처음으로 정말 비참한 기분이야. 도둑이 들었을

230

때도 이 정도는 아니었는데. 판 호펜 씨의 체포, 유대인 문제, 상륙 작전이 늦어지는 일, 식량 부족, 피로, 페터에 대한 실망이 한데 뒤엉켜 있어. 아무리 상황을 좋게 보려고 해도 불안과 공포, 절망을 떨쳐 낼 수 없어.

미프가 건포도가 든 인형 모양의 케이크를 보내 주었어. 여기에 '성령 강림절을 축하합니다'라는 카드도 함께 보냈는데, 어쩐지 놀림 받는 기분이었어. 우리 같은 상황에서 어떻게 '축하합니다' 같은 말이 어울리겠어.

판 호펜 씨의 사건이 일어난 후 은신처 사람들 모두 신경질적으로 변해 큰 소리 내지 않으려고 노력하고 있어. 경찰이 판 호펜 씨의 집에 문을 부수고 들어갔다는 말을 들었거든. 이곳도 언제 그런 일을 당할지 몰라.

가끔 하는 생각인데, 우리가 은신처에 숨어 지내지 않는 편이 더 좋지 않았을까? 물론 그랬다면 벌써 죽었겠지만, 대신 이런 비참함은 느끼지 않아도 되었을 테고, 다른 사람들을 위험한 상황에 내몰리게 하지도 않았을 테니까 말이야. 그렇지만 우리는 아직 희망을 품고 있어.

어떤 상황이라도 좋으니 변화가 있었으면 좋겠어. 이런 우울한 기분에서 벗어날 수만 있다면 대포를 쏘아 댄다고 해도 상관없을 거야. 그렇게 되면 적어도 우리가 어떻게 될지 정도는 알게

제2차 세계 대전의 결과

연합국은 전쟁이 모두 종료되기 전부터 카이로, 얄타, 포츠담 등에서 전쟁후 처리에 대한 회담을 가졌어요. 그 결과 독일은 동서로 나뉘어 서독은 미국·영국·프랑스가 관리하고, 동독은 소련이 관리하게 되었어요. 또 일본은 미국 군부가 임시로 관리하는 군정이 실시되었어요. 이렇게 제2차 세계 대전은 인류 역사상 가장 큰 인명 피해와 재산 피해를 낳은 전쟁이라는 기록을 남기고 끝이 났어요.

될 테니까.

그럼 안녕. 안네가.

1944년 5월 31일 수요일

사랑하는 키티에게.

지난 주말부터 계속되는 더위 때문에 손 하나 까딱하기 힘들어. 그래서 네게 글도 쓸 수 없었어.

이 무렵에 이토록 더운 날이 계속된 적은 없었는데, 정말 이상한 현상이야. 며칠 동안 계속된 이 더위가 어느 정도였는지 사람들의 푸념을 소개할게.

◎ ◎ ◎

토요일: 오전 중에는 다들 "굉장한 날씨구나"라고 했어. 그런데 오후가 되어 창문을 닫아야 할 때가 오자 "덥지만 않으면 불평도 안 할 텐데"로 바뀌었어.

일요일: "이런 더위, 정말 참을 수 없어. 버터는 녹고, 집 안 어디도 시원한 데가 없어. 빵은 말라 가고, 우유는 상하는데 창문도 열 수 없

다니. 불쌍한 우리만 질식할 것 같은 더위에 씨름해야 해."

월요일: "얇은 옷 한 벌 없어. 이런 더위에는 설거지도 하고 싶지 않아."

이침 일찍부터 온종일 푸념만 늘어놓을 뿐이야.

그럼 안녕. 안네가.

1944년 6월 5일 월요일

사랑하는 키티에게.

은신처에 문제가 생겼어. 이번에는 뒤셀 씨와 우
리 부모님 사이에서 벌어진 문제야. 원인은 버터를 나누
는 데 있었어. 결국 뒤셀 씨가 항복하고 말았지만.

연합군의 제5부대가 로마를 제압했어. 양쪽 모두 시가지를 파
괴하지 않는 선에서 전투를 하기로 합의했대. 공중 폭격도 하지
않기로 했다는 거야.

채소도 감자도 조금밖에 없어. 빵도 한 자루뿐이야.

달러도 금도 팔리지 않아. 암거래로 얻은 은신처의 돈도 바닥
나고 있어. 다음 달에는 어떻게 살아야 하지?

그럼 안녕. 안네가.

19

상륙 작전 시작

1944년 6월 6일 화요일

사랑하는 키티에게.

"오늘은 디데이입니다."

오늘 12시, 이런 성명이 영국의 라디오 방송을 통해 발표되었어. 틀림없어. 오늘이 바로 그날이야. 드디어 상륙 작전이 시작되는 거야.

영국은 오전 8시에 뉴스에서 이렇게 말했어.

"프랑스 북서부의 칼레, 불로뉴, 르아브르, 셰르부르 그리고 파스칼레 일대의 하늘에서 엄청난 공습이 있었습니다. 더불어 모든 점령지에 사는 사람들의 안전을 위하여 해안으로부터 35킬로미터 안에 거주하는 사람들은 폭격에 대비하라는 경고를 내렸습니다. 영국군은 공격 개시 한 시간 전에 경고 전단을 뿌릴 겁니다."

독일은 영국의 공수 부대가 프랑스 해안에 착륙했다고 하고, BBC 방송에서는 영국군의 상륙용 선박이 독일 해군과 교전 중이라고 전했어.

11시, 라디오에서는 오늘이 디데이라는 성명이 나오고, 아이젠하워 장군이 프랑스 국민에게 호소했어.

"드디어 격렬한 전투가 시작되었고, 우리는 승리할 겁니다. 1944년을 완전한 승리의 해로 만듭시다. 모두의 행운을 기원합니다."

1시, 영어 방송에서는 이런 말이 흘러나왔어.

"1만 1,000대의 항공기가 해협을 왕복하고 전투 부대를 내려보내 적의 후방을 공격하고 있습니다. 4,000척의 상륙용 선박과 소형 배들이 끊임없이 운항하고 있고, 영국과 미국의 상륙 부대는 격렬한 전투에 돌입했습니다."

이 방송이 끝나자 벨기에의 총리, 노르웨이의 국왕, 프랑스의

드와이트 아이젠하워

미국 텍사스 주에서 태어난 드와이트 아이젠하워는 미국의 제34대 대통령이에요. 아이젠하워는 사관학교를 졸업하고 1933년 더글러스 맥아더의 참모가 되어 그를 도왔어요. 제2차 세계 대전에도 참여하여 연합군의 승리에 큰 역할을 한 그는 포용력 있는 성격으로 '아이크'라는 애칭으로 불리며 정치에도 많은 영향을 주었어요. 그리고 1952년에 대통령 선거에 당선되어 8년간 미국의 대통령으로 있었으며, 1960년에는 우리나라에 방문하기도 했어요.

샤를 드골

1890년 프랑스 릴에서 태어난 샤를 드골은 프랑스의 군인이자 정치가예요. 제2차 세계 대전 당시 군인으로 전쟁에 참여했던 그는 프랑스가 독일에 항복을 선언하자 영국으로 망명했어요. 그리고 독일에 대한 항쟁을 계속해야 한다고 주장하며 프랑스 임시 정부를 수립하였어요. 전쟁 이후에는 두 번 프랑스의 총리를 지내고 1962년 대통령에 당선되어 프랑스와 유럽의 부흥을 위해 힘썼어요.

드골 장군, 영국의 국왕 등이 잇달아 연설했어. 마지막에는 처칠도 연설했지.

은신처 사람들 모두 흥분을 감추지 못하고 있어. 드디어 기다리고 기다리던 해방이 찾아오는 걸까? 너무 오래 기다려 오히려 믿기지 않을 정도야.

키티, 상륙 작전이 시작된 건 무엇보다 기쁜 일이야. 아군이 우리 가까이에 왔다는 뜻이니까. 오랫동안 우리는 독일군에게 권리를 짓밟혀 왔어. 그렇지만 지금은 아군의 도움으로 해방이 눈앞에까지 와 있어.

어쩌면 언니가 말한 것처럼 우리도 9월이나 10월에는 다시 학교에 갈 수 있을지도 몰라.

그럼 안녕. 안네가.

추신. 앞으로는 네게 최신 소식만 전할 생각이야. 어젯밤부터 오늘 아침까지 독일 진영 후방에 하늘에서 짚으로 만든 인형이 수없이 떨어졌대. 그런데 그 인형들은 땅에 떨어지자마자 폭발했다고 해. 낙하산 부대도 많이 투하됐고, 밤에는 5,000톤이나 되는 폭탄이 해안선을 공격했대. 모든 일이 순조롭게 진행되고 있어.

1944년 6월 9일 금요일

사랑하는 키티에게.

상륙 작전에 대한 굉장한 소식이야. 연합군은 프랑스 해안의 작은 마을 바이유를 제압했고, 지금은 캉을 공격하고 있어. 연합군은 셰르부르를 포함한 반도 전체를 차단할 계획이래.

전선의 종군 기자들은 매일 밤 연합군의 용맹함과 끓어오르는 사기를 전해 주고 있어. 도저히 믿을 수 없는 것들뿐이지만, 대단한 활약을 하고 있는 건 분명해.

BBC 방송에서 처칠 수상이 디데이에 군단과 함께 출격하길 원했다고 전했어. 아이젠하워를 비롯한 다른 장군들이 설득해서 겨우 단념했다는데, 일흔 살이나 되었지만 정말 대단하고 용감한 사람이야.

은신처 사람들은 점차 흥분을 가라앉히고 있어. 그렇지만 여전히 연말 때까지는 전쟁이 끝날 거라고 기대하고 있어. 전쟁이 끝나기에는 좋은 시기야.

판 단 아저씨와 페터를 제

노르망디 상륙 작전

237

프란츠 리스트

1811년 헝가리에서 태어난 피아니스트이자 작곡가인 프란츠 리스트는 헝가리의 대표적인 음악가로 손꼽혀요. 여섯 살 때부터 아버지에게 피아노를 배웠고, 어린 시절부터 음악에 뛰어난 실력을 선보여 천재라는 평가를 받았어요. 그리고 유럽 각지를 돌아다니며 연주회를 가졌고, 작곡 활동도 함께해 많은 작품을 썼어요. 그의 작품은 피아노를 치는 데 있어서 기교적인 면이 많이 강조되었고, 대표작으로 〈헝가리 광시곡〉, 〈초절기교 연습곡〉, 〈단테 교향곡〉 등이 있어요.

외한 은신처 사람들은 모두 『헝가리안 랩소디』를 읽었어. 작곡가이자 명연주자인 프란츠 리스트의 생애를 그린 책이야. 리스트는 허영심이 강하기도 했지만, 정말 훌륭한 인물이었어. 돈에 집착하지 않고 신앙과 세계의 자유를 사랑하는 그런 사람이었거든.

그럼 안녕. 안네가.

1944년 6월 13일 화요일

사랑하는 키티에게.

올해 생일이 지나 나는 열다섯 살이 되었어. 생일 선물도 잔뜩 받았어. 부모님은 미술사 책, 속옷, 벨트, 손수건, 요구르트, 잼, 벌꿀 케이크, 식물학 책을 주셨어. 언니는 은팔찌, 판 단 아저씨네는 책, 뒤셀 씨는 스위트피, 미트는 과자와 연습장을 주었어. 퀴흘레르 씨는 책과 치즈 세 쪽을 주셨고, 페터는 작약 꽃다발을 주었지.

계속 날씨가 안 좋고, 비바람도 몰아쳐서 파도가 높아. 그렇지만 상륙 작전은 계속 좋은 소식만 들려오고 있어. 은신처에 틀어박혀 있으면 바깥세상 사람들이 뉴스를 듣고 어떻게 생각하는지 판단하기가 어려워.

영국이 전쟁에 본격적으로 뛰어들었다고 좋아하면서도 전쟁에서 이기면 네덜란드뿐만 아니라 점령한 어느 나라건 원래 소유자에게 돌려준 뒤 본토로 돌아가야 한다고 생각해.

네덜란드 사람 중에는 아직 영국인을 싫어하고, 노인들만 정부에 모여 정치한다고 무시하고, 영국 국민을 겁쟁이라고 부르면서도 독일인을 더 싫어하는 사람들이 있어. 정말 바보들이야.

영국의 의회 정치

'의회 정치'란 국민의 대표자로 구성된 '의회'가 국가의 최고 기관으로서 국가의 중요한 일을 결정하는 정치 형태를 말해요. 다른 말로는 '의원 내각제', '내각 책임제'라고도 해요. 이러한 정치 형태는 우리나라의 '대통령제'와 다른 점이 많아요. 의원 내각제는 국민이 의회를 뽑고, 의회가 대통령을 뽑는 방식이고, 대통령제는 국민이 의회와 대통령 모두 뽑는 방식이에요.

너무 오랫동안 외부 세계와 떨어져 지내서인지 자연에 관심을 두게 되었어. 전에는 전혀 매력을 느끼지 못했던 맑게 갠 푸른 하늘, 새소리, 달빛, 꽃이 눈에 들어오고 있어. 무더웠던 어느 날에는 11시 반까지 잠을 안 자고 기다려 혼자 마음껏 달을 바라보려고 했어. 그렇지만 달빛이 너무 밝아 창문을 열 수 없었어. 또 어느 날 밤인가는 위층에 올라갔다가 열린 창 밖을 하염없이 바라보고 있기도 했어. 금방이라도 비가 쏟아질 것 같은 어둑어둑한 하늘과 강한 바람, 구름이 나를 사로잡아 버린 거야. 그래서

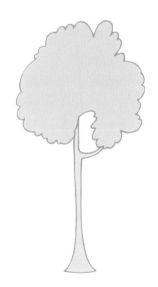

공포와 두려움도 잊고 몇 번 혼자 아래층에 내려가 사장실과 부엌의 창문 틈 사이로 몰래 창 밖을 바라보기도 했어.

나는 하늘을 올려다보고, 구름과 달과 별을 보면 마음이 차분해져. 어머니 같은 자연은 어떤 충격에도 과감히 맞설 수 있게 해 줘. 그렇지만 은신처에서는 자연을 먼지투성이인 창문에 걸린 더러운 레이스 커튼 사이로 가끔 볼 수 있을 뿐이야. 이제 이걸로는 도저히 만족할 수 없어. 자연은 그야말로 순수하고 세상에 단 하나뿐이니까.

그럼 안녕. 안네가.

1944년 6월 16일 금요일

사랑하는 키티에게.

새로운 문제가 생겼어. 판 단 아주머니가 절망에 빠져서 총탄이 머리를 관통하는 이야기, 감옥, 교수형, 자살 같은 이야기만 늘어놓고 있어. 남편이 모피 코트를 판 돈을 몽땅 담배 사는 데 써 버리는 건 아닌지 의심하고, 누구에게든 싸움을 걸고, 느닷없이 울다가 웃다가 말다툼을 하고 있어.

판 단 아주머니를 어떻게 해야 할까. 판 단 아주머니 때문에 페터는 거칠어지고, 판 단 아저씨는 예민해지고 있어. 이런 사태를 해결할 방법이 한 가지 있긴 하지.

"무슨 일이든 웃어넘기고 신경 쓰지 않기."

이기적인 것 같지만, 사실 이것보다 좋은 해결책은 없어.

어젯밤 11시부터 가정집의 모든 전화는 끊겼어.

그럼 안녕. 안네가.

노르망디 상륙 작전 이후 파괴된 셰르부르의 독일군 요새

1944년 6월 23일 금요일

사랑하는 키티에게.

은신처에 특별한 일은 없어.

영국군은 셰르부르에 대규모 공격을 시작했어. 아빠와 판 단 아저씨가 10월 10일까지는 우리도 자유의 몸이 될 거래. 소련도 공격에 참여하고 있어. 독일군이 점령군으로 진입한 지 오늘로 딱 4년째야.

감자는 거의 구할 수 없게 되어서 이제는 식사 때마다 개수를 세어 가면서 나눠 줘야 할 거야.

그럼 안녕. 안네가.

241

20

점차 보이는 해방의 빛

1944년 6월 27일 화요일

사랑하는 키티에게.

분위기가 완전히 바뀌었어. 모든 일이 우리에게 좋은 방향으로 진행되어 가고 있어. 영국군이 오늘 셰르부르와 비텝스크, 슬로벤을 점령했어. 포로와 전리품이 셀 수 없이 쌓였을 거야. 영국군은 항구를 점령했으니 이제 상황은 영국군에게 더 유리해질 거야. 상륙 작전 3주 만에 반도를 전부 제압한 거야.

상륙 작전이 시작된 후 3주 동안 날씨가 좋았던 적은 없지만, 그것이 영국군과 미국군의 앞을 가로막을 수는 없었어. 독일군의 비밀 병기가 활약하는 것 같지만, 그것으로는 역부족일 거야.

게다가 독일 사람들도 볼셰비키의 군대가 가까이 있다는 걸 느끼면 놀라고 당황스럽겠지.

네덜란드에 있는 군인과 공무원을 뺀 나머지 독일인 여자와 아이들은 전부 안전한 곳으로 피난하고 있어. 핀란드는 얼마 전에 평화 제안을 거부했는데 나중에 반드시 후회할 거야. 한 달 후에는 어떤 상황일지 정말 궁금해.

그럼 안녕. 안네가.

볼셰비키

1898년 설립된 옛 소련의 러시아사회민주노동당을 '볼셰비키'라고 해요. 이들은 사유 재산을 부정하여 빈부의 격차를 없애고 노동자 계급이 혁명을 일으켜 사회를 이끌어 가는 사회주의를 주장했어요. 이 사상을 바탕으로 볼셰비키는 노동자, 군인, 농민을 중심으로 하는 권력 기관인 '소비에트'를 세우고 1918년, 11월 혁명을 일으켜 정권을 잡아 세계 최초의 사회주의 국가를 수립했어요.

1944년 7월 6일 목요일

사랑하는 키티에게.

전쟁 상황은 여전히 좋아. 함락된 지역도 많고, 포로도 많아.

페터가 나중에 자신이 범죄자가 될지도 모른다, 도박에 빠질지도 모른다는 말을 할 때마다 불안해. 농담으로 하는 말이겠지만, 그가 나약한 성격 때문에 고민하는 모습을 볼 때마다 참을 수가 없어.

페터에게 자신감을 갖게 하려고 고민하지만, 명쾌한 해답이

세르부르 전투 이후 잡힌 독일 포로들

나오지 않아.

요즘 페터는 내게 너무 의지하고 있어. 하지만 이런 일은 어떤 상황에서도 절대 용납할 수 없어. 자신의 발로 일어서는 건 어려운 일이지만 정말 중요한 일이니까.

우리는 누구나 행복해지려는 목적을 갖고 살고 있어. 누구나 무언가를 이룰 가능성도 받았고, 행복을 기대할 만한 이유도 있어. 그런데 그건 각자가 자신의 힘으로 이루어야 해. 부지런히 일하고 올바로 행동해야 하지.

모든 사람이 잠자리에 들기 전, 자신이 하루에 했던 일을 돌이켜본다면 훌륭하게 살아갈 수 있을 거야. 그러다 보면 자신도 모르는 사이에 스스로 향상해 갈 거고. 이런 일은 돈도 들지 않고 많은 도움이 돼.

그럼 안녕. 안네가.

1944년 7월 8일 토요일

사랑하는 키티에게.

회사 대표 브로크스 씨가 출장길에서 경매 시장의 딸기를 사왔어. 딸기는 먼지와 흙이 잔뜩 묻어서 양만 많았어. 쟁반으로 스물네 개가 넘었는데, 전부 사무실 사람들과 우리 은신처 사람들의 것이었어.

그날 밤, 우리는 병조림을 여덟 개, 잼을 여덟 병 만들었어. 그런데 다음 날 아침 미프가 사무실 사람들의 딸기도 잼으로 만들어 줬으면 좋겠다고 했어.

12시 반쯤, 페터와 아빠, 판 단 아저씨는 계단을 오르내리며 딸기 쟁반을 옮겼어. 은신처 사람들이며 미프와 베프, 클레이만 씨, 얀까지 부엌은 발 디딜 틈조차 없었어. 그리고 와자하게 떠들어 대고 있었지. 세상에, 대낮에 말이야. 커튼은 쳐져 있었지만, 창문은 열려 있었어. 시끄럽게 떠드는 소리가 바깥까지 들릴지 모른다고 생각하니 등골이 오싹했어.

나는 딸기 냄비를 가지고 위층으로 올라가고, 다른 사람들은 부엌 식탁에 앉아 열심히 딸기 꼭지를 따고 있었어.

그런데 갑자기 초인종이 두 번 울렸어. 페터는

양동이를 부엌에 두고 부리나케 계단을 뛰어올라 회전문의 자물쇠를 잠갔어. 우리는 모두 놀란 나머지 꼼짝도 할 수 없었어.

1시가 되어 얀이 올라왔어. 집배원이 다녀갔다는 거야. 그런데 얼마 후, 다시 초인종이 울렸어. 그리고 클레이만 씨의 목소리가 들렸지.

"페터, 위로 빨리 올라가. 회계사가 오고 있다."

1시 반쯤 퀴홀레르 씨가 올라왔어.

"어이구, 어딜 가나 딸기 천지네. 아침에도 딸기, 점심에도 딸기. 딸기 냄새에 질려 올라왔더니 여기도 딸기뿐이야."

이틀 동안 우리는 딸기만 먹었어. 그리고 남은 딸기 잼은 병에 넣어 보관해 두었지.

마르고 언니가 말했어.

"판 호펜 씨 부인이 완두콩을 나눠 주겠대. 10킬로그램 정도."

고마운 일이지만, 귀찮은 일이기도 해. 완두콩은 몸에도 좋고 식량도 많아지지만, 그러려면 완두콩 콩깍지를 벗긴 후에 벗겨낸 콩깍지의 껍질을 또 벗겨야 해. 이건 굉장히 까다롭고 귀찮은 작업이야.

엄마는 토요일 오전에 모두에게 완두콩 깍지를 벗기는 일을 도와 달라고 했어. 9시 반부터 시작된 그 일은 12시 점심을 먹고, 1시 반까지 계속되었어. 모든 일을 끝낸 후에는 완두콩 껍질이 눈앞에 아른거려서 머리가 어지러웠어. 지금도 완두콩만 보면 속이 메스꺼워.

그럼 안녕. 안네가.

1944년 7월 15일 토요일

사랑하는 키티에게.

"마음 깊은 곳에서는 노인보다 젊은이들이 더 고독하다."

이건 어떤 책에서 읽은 말이야. 정말 맞는 말인 것 같아. 어른들은 모든 일에 대해 확고한 의견을 가지고 있어. 그래서 어떤 행동을 하기 전에 망설임이 없지. 그렇지만 우리 젊은 세대는 달라. 모든 이상이 파괴되고, 인간의 나쁜 단면이 드러나고, 진실과 정의는 혼란스러워진 이 현실에서 우리는 어른들보다 훨씬 괴로웠어. 요즘 같은 시대에 겪는 어려움이 바로 이런 거야. 이상, 꿈, 소중한 모든 게 무서운 현실 앞에서 산산조각이 나 버린다는 것. 혼란과 불행, 죽음 위에는 희망을 쌓아 올릴 수 없어.

나는 이 세계가 황폐해져 가는 걸 두 눈으로 지켜보고 있어. 그렇지만 하늘을 보면 다시 생각하곤 해. 언젠가는 모든 것이 제

자리로 돌아가 평화로운 세계가 될 거라고 말이야. 그때까지는 어떻게든 희망을 지켜야만 해.

그럼 안녕. 안네가.

1944년 7월 21일 금요일

사랑하는 키티에게.

정말 이제는 희망이 샘솟고 있단다. 마침내 전황이 호전되어 가고 있어. 그래, 정말로 잘 되어 가고 있어! 굉장한 소식이야! 히틀러 암살 기도가 있었는데, 범인은 유대인 공산주의자도, 영국인 자본주의자도 아닌 훌륭한 독일인 장군이고, 게다가 그는 아주 젊은 사람이야. 신의 섭리인지 총통은 목숨을 구했고, 불행히도 약간의 상처와 화상만 입었어. 그와 함께 있던 몇몇 장교와 장군들이 사망하거나 부상당했고 계획의 주모자는 사살되었어.

아무튼 이 사건은 전쟁에 넌더리가 나서 히틀러가 지옥으로 떨어지는 것을 보고 싶어 하는 장교와 장군들이 많다는 것을 보여 주고 있어. 히틀러를 제거하고 난 후 그들은 군사 독재 정권을 세우고 연합군과 휴전을 맺으려 할 거야. 그러고 나서 그들은 재무장하고 20년 안에 또 다른 전쟁을 시작하려고 하겠지. 독일인들이 서로 싸우고 죽인다면, 러시아나 영국은 별다른 수고 없이도 짧은 시간 안에 그들의 도시를 다시 세울 수 있을 거야.

하지만 아직 상황은 그렇게까지 진전되지 않았고, 그 영광이 그렇게 빨리 오리라고 기대하지는 않아. 그렇지만 그것은 엄연한 현실이고, 오늘 나는 퍽 현실적인 기분이라는 것을 알아주어야 해. 이번만은 높은 이상을 지껄이고 있는 게 아니야.

게다가 히틀러는 친절하게도 그의 충실하고 헌신적인 국민에게 발표했어.

"이제부터 군에 복무하는 모든 사람은 게슈타포에 복종해야 하며, 자신의 상관이 총통의 목숨을 겨냥한 비열하고 비겁한 음모에 연루된 사실을 아는 사병은 군법 회의를 거치지 않고 누구든 그 자리에서 사살해도 좋다."

완벽한 난장판이 될 거야. 예를 들어, 오랜 행군으로 일병 요니의 다리가 아파 일행에서 뒤처졌어. 그런데 그의 상관인 장교가 그에게 버럭 소리를 질러. 요니는

클라우스 폰 슈타우펜베르크(가운데)

안네가 세상을 떠난 베르겐벨젠 강제 수용소 추도 기념비

총을 거머쥐고 외치지.

"넌 총통을 암살하려고 했어. 이게 그 대가다."

한 방의 총소리와 함께 감히 요니를 꾸짖던 그 의기양양한 상관은 죽어 버려. 결국 장교는 사병과 대립하거나 그들을 이끌어야 할 때마다 불안에 떨 거야. 사병들은 행동보다는 자신들이 하고 싶은 말을 할 테니까.

내가 말하는 게 이해돼? 아니면 내가 너무 두서없이 말했나? 어쩔 수 없어. 10월이면 다시 학교 벤치에 앉아 있을지도 모른다는 생각에 너무나 기뻐서 조리 있게 말할 수가 없어.

아, 저런. 방금 내가 지나치게 희망을 품지 않겠다고 말하지 않았나? 용서해 줘, 그래서 모두 나를 '꼬마 모순덩어리'라고 부르나 봐!

그럼 안녕. 안네가.

1944년 8월 1일 화요일

사랑하는 키티에게.

지난번에 '모순덩어리'라고 말을 마쳤으니, 오늘은 그 이야기

를 해 볼까 해. 모순덩어리는 두 가지가 있
어. 바깥쪽에서 본 모순과 안쪽에서 본 모
순. 바깥쪽에서 본 모순은 고집 세고, 모르
면서 아는 척하고, 주제넘게 나서서 참견하
려 드는 평소의 안네야. 그렇지만 안쪽에서
본 모순은 나만 아는 비밀이야. 또 다른 안
네지.

사실 나는 남들에게 내 안의 또 다른 안네
를 잘 보여 주지 않아. 안네에게 좋은 면이
있다는 걸 보여 주는 게 왠지 두려워. 사람들
이 비웃지는 않을까, 너무 감상적이라고 생
각하지는 않을까 걱정이 돼.

나는 내가 어떤 사람이고, 어떤 사람이
되고 싶은지도 잘 알고 있어. 그렇지만 마
음에만 담아 둘 뿐, 절대 드러내 보이지는
않아서 안타까워. 나를 이끌고 있는 것은

순수한 안네이지만, 바깥에서만 보면 철부지 어린 양에 불과해.

마음속에서 흐느껴 우는 소리가 들려.

"그것 봐, 알겠어? 동정심 없고, 교만하고, 까다롭게 보이니까
사람들이 널 싫어하는 거야. 너는 착한 안네의 충고에 귀를 기울

여야 해."

하지만 내가 점잖고 진지하게 행동한다면 모두 장난인 줄 알 거야. 그리고 가족들은 어디 아픈 데가 있는 것은 아닌지 약을 먹이려고 들 거야. 이래서는 견딜 수 없겠지.

내가 어떻게 하면 원하는 사람이 될 수 있을까. 하지만 꼭 그렇게 되고 말 거야. 세상에 살아 있는 사람이 나 혼자뿐이라면 말이야.

그럼 안녕. 안네가.

백만 엄마들의 가슴을 뛰게 만든 바로 그 책,

〈공부가 되는〉 시리즈

- 재미와 호기심을 충족시키며 교과 연계 학습까지 되는 기초 교양 학습서
- 연이은 백만 엄마들의 뜨거운 호평, 출간 즉시 베스트셀러 도서
- 통섭과 융합형 교과서로 하버드 대학 교수가 추천한 도서

★ 2010, 2011, 2012 문화체육관광부 · 어린이문화진흥원 · 행복한 아침독서 ★
★★ 국립어린이청소년도서관 · 학교도서관 사서협의회 추천 도서 선정 ★★

〈공부가 되는〉 시리즈는 계속 출간됩니다.

<십대들을 위한 인성교과서 시리즈>

십대가 시작되는 시기부터
늘 머리맡에 두고 반복해서 읽어야 할 책

태도
줄리 데이비 글, 그림 | 박선영 옮김
14,000원

목표
줄리 데이비 글, 그림 | 박선영 옮김
14,000원

진정한 부
줄리 데이비 글, 그림 | 장선하 옮김
14,000원

선택
줄리 데이비 글, 그림 | 장선하 옮김
14,000원

<초록별 시리즈>

꿈이 되는 이야기, 마음을 키우는 책 읽기

엄마는 외계인
박지기 글 | 조형윤 그림 | 8,500원

아빠가 보고 싶은 아이
나가사키 나쓰미 글
오쿠하라 유메 그림
김정화 옮김 | 11,000원

친구 만들기
줄리아 자만 글
케이트 팽크허스트 그림
조영미 옮김 | 11,000원

아기 토끼의 엄마 놀이
모리야마 미야코 글
니시카와 오사무 그림
김정화 옮김 | 11,000원

왕따 슈가 울던 날
후쿠 아키코 글
후리야 가요코 그림
김정화 옮김 | 11,000원